Cidade de Atys

Cidade de Atys

Marcelo Novaes

Æ
Ateliê Editorial

Direitos reservados e protegidos pela Lei 5.988 de 14.12.93.
É proibida a reprodução total ou parcial sem autorização
por escrito, da editora.

Copyright © 1998, Marcelo Novaes

ISBN – 85-85851-60-0

Editor: Plinio Martins Filho

Direitos reservados a
ATÊLIE EDITORIAL
Rua Manoel Pereira Leite, 15
06700-000 – Granja Viana – Cotia – SP
Telefax: (011) 7922-9666
1998

Sumário

Apresentação – *Maria Sílvia Betti* 19

Parte I – Abertura-Rapsódia 25

1. Da Cidade que Cai como Árvore 27
2. ... e de Outra (Cidade) que Surge como
   um Filho Dileto 28
3. Do Registro Esmerado para a Eternidade 29
4. Do Presépio Originário 30
5. Da Triste Aberração 31
6. Do Arrependimento Sagrado 31
7. Do Cristo que já Não se Vê com a Nitidez Antiga .. 32
8. Do Exaltado e Delicado Ato de Fiar o Tempo 32
9. Dos Ritos Cristãos-noturnos 33
10. De um Passeio nas Dobras e nos Cantos 33
11. Da Memória da Natureza 34
12. Do Pasto de Fogo 35

13. Do Jogo de Vidro 35
14. Breve Inventário dos Ofícios Divinos 35
15. Dos Insetos que Cobrem um Rosto de Família 36
16. Das Ovelhas e Gazelas 36
17. Dos Mergulhadores que Não Querem Nascer 37
18. De uma Moderna Classificação de Sonhos,
    Apoiada na Genética 37
19. Dos Partos e Pesados Erros da Natureza 38
20. Da Mãe Antiqüíssima 39
21. Retrato de Família 39
22. Zeus Segundo Poussin 42
23. Do Pão e das Novas Palavras 42
24. Da Decisão (Feita) por Amor a um Único 43
25. De um Formoso Bago de Uva 44
26. Da Força e da Fraqueza 44
27. Do Balbucio Infantil e do Conhecimento Inato 45
28. Do Confinamento do Lince num Aquário 45
29. Do que Sabe Contar Árvores 46
30. A Mão que Pilha É a Mesma que Protege 46
31. Do Cozimento dos Grãos 46
32. ...e da Gênese da Miopia 47
33. Das Refeições em que se Servem Ambigüidades .. 47
34. Da Fruto da Terra 48
35. Da Sede (Sêde) da Memória 48
36. Do Esquecimento 49
37. A Arquitetura da Vingança 50
38. Do Jogo das Contas de Vidro 50
39. Dos Caminhos Estreitos Feitos de Palavras 50
40. Do Anteprojeto de Ruína 51
41. Do que se Escreve Certo com Linhas Tortas 51
42. Do Dano que Traz o Orgulho 52
43. Das Teias (Divinas) que Enredam um Aquário
    e uma Cidade 52

44. Do Gesto Obsceno e Sagrado 53
45. A História de Atys 53
46. Da Fragilidade das Teias 56
47. Dos Pêlos que Seguram a Vida 57
48. Da Injusta Imputação do Onanismo 57
49. Do Comparecimento e Mudança de Onan 58
50. Das Doenças Fatais e Atos de Renúncia 58
51. Das Doenças Inventadas e Canceladas 59
52. Do Reino dos Mansos 59
53. Da Chegada de Onan 60
54. Da Missão de Onan 63
55. Do Dilúvio que Cobre o Tempo 63
56. Da Antiga e Novíssima Cerimônia do Chá 64

Parte II – CONCERTINO 65

57. Do Mau Hálito 67
58. Da Queda das Folhas 68
59. Sobre as Belas Cerimônias de Consagração 69
60. Do Humor que se Quebra como um Vaso 69
61. Da Oração ao Modo dos Fariseus 70
62. Do Rei que Precisa de Companhia 70
63. Dos Desmaios de Pescadores e Olhos Cobertos de
    Teias 71
64. Da Debanda dos Peixes (ou "Onde Andará Jonas?") 72
65. Sobre Presentes que Escorregam das Mãos 72
66. Da Perda dos Fetiches e outras Perdas
    (ou "Da Surrupiação dos Deuses") 73
67. De quando se Deita a Cabeça sobre um Ombro
    que se Ama 74
68. Das Deformações e seus Consertos 74
69. Da Mecânica dos Consertos 75
70. A Respeito dos Alvos e da Possibilidade de Acertá-los 75

71. Dos Fenômenos de Poltergeist 76
72. Do Sacrifício do Sol 77
73. Do Jogo Urbano de Empilhar Pedras 77
74. Da Falta de Canções para um Desconhecido 77
75. Do Fruto Bom 78
76. Das Vendas e Mordaças 78
77. Da Predileção das Traças pelos Mortos 79
78. Do Assobio que Chama as Moscas 79
79. Do Mecenato e da Vertigem 80
80. Da Semelhança entre Meninos e Poodles 81
81. Do Canto da Harpa sobre o Ladrilho Pisado 81
82. Da Escada de Duas Mãos 82

Parte III – DIONISÍACAS 83

83. Da Contemplação das Obras de Arte 85
84. Do Zelo Santo em Defender-nos do Escuro 86
85. Dos Sinais e Inovações Divinos 86
86. Das Infantis Iniciativas das Gerações mais Velhas . 87
87. Da Valentia Espremida e Questionada 87
88. Da Arte de Empinar Pipas 88
89. Da Poda das Árvores e do Surgimento das Bestas .. 88
90. Da Pedra-de-tropeço ou Planta no Meio
    do Caminho 89
91. Da Conciliação dos Inconciliáveis 89
92. Da Solidariedade Humana 90
93. Da Árvore (-Idéia) Fixa 91
94. Da Pedra Angular 91
95. Da Canção de Vida e Morte 92
96. Do Canto Monocromático 93
97. Do Canto de Bruços 94
98. Da Procura por um Rosto Santo 94
99. Do Rosto da Primavera 95

100. Dos Versos Submersos 95
101. Economia no Dizer e no Cantar, como Medida
     Profilática 96
102. Das Palavras Benditas Reunidas em Livro 97
103. Do Processo Circular-infantil de Compor Livros 98
104. Do Último Suspiro de um Peixe 98
105. Do Derradeiro Tombo da Embriagada 99
106. Dos Certeiros Tiros de Salvação 100
107. Dos Livros que Tiram a Inspiração 101
108. Do Emudecimento Noturno 102
109. Da Correção de Olhos Feita ao Modo de Profecias 102
110. Do Ponto Luminoso no Infinit(iv)o 103
111. De um Bêbado que Recolhe as Sobras da Cidade 103
112. Da Obscenidade e do Lugar a Ela Destinado ... 104
113. Canto de Areia e Mar na Ponta dos Pés 104
114. Dos Conselhos Rep(r)isados à Exaustão 105
115. Dos Mantos Feitos com Restos-de-mundo 106
116. Do Desmanche de uma Tapeçaria 106
117. Do Poder de Cicatrização das Araras-do-mato .. 107
118. Da Tenda Larga 108
119. Da Visão Einteiniana 108
120. Da Face Solar que Faz Baixar a Cabeça 109
121. Do Pedido Insensato e da Resposta Fulminante . 110
122. Da Ação Explícita de Zeus 110
123. Da Anunciação da Luz 111
124. Dos Olhos Úmidos 111
125. Dos que Esperam Apalpando Paredes 112
126. Do Sermão da Planície (ou "Do Santo Tomado
     por um Reles Ladrão de Comida") 112
127. Do Refazimento do Mundo pelo Vento 113
128. Dioniso 113
129. Da Face Lisa 115
130. De um Convite que É Recusado por Parecer
     Prematuro 115

131. Do Segredo dos Pintos Pequenos 116
132. Da Chegada das Cacatuas na Hora da Agonia .. 116
133. Do Esmero dos Avestruzes 117
134. Da Felicidade, Perplexidades e Jeitos de Andar . 118
135. Com quantas Pedras se Faz uma Cidade 119
136. Da Predestinação Agostiniana e da Dança Solar . 120
137. Das Pedras Tiradas e Repostas, ao Modo dos
     Operários 121
138. Das Pedras que São, ao mesmo Tempo, Luteranas
     e Demoníacas 122
139. Da Demoníaca Disputa 123
140. Do Sermão da Montanha 124
141. Da Antecipação das Dores e da Futura
     Dificuldade de Subir aos Céus 125
142. Das Palavras que Descem do Céu como a Neve . 125
143. Do Pardal que Não Acha os Peixes nem o Mundo 126
144. Dos Licores e da Hora do Silêncio 126
145. Do Novo Cantor de Dioniso 127
146. Da Transformação do Deus em Fera 127
147. Da Transformação do Homem em Fera 128
148. Da Transformação do Filho em Árvore 128
149. Sobre a Atualização do Santíssimo Mistério da
     Trindade 129
150. Dos Bambus que Não se Quebram e da Chegada
     dos Sonhos 129
151. Do Pecado Original (ou "Da Serpente que
     Carregamos Subindo Escadas") 130
152. Do Centro da Desgraça 131

Parte IV – Oratório 133

153. Do Risco de Petrificação 135
154. Da Coisa que É quase Nada 136

155. Dos Modos Suaves que Curam o Olhar Fixo ... 136
156. Dos Olhos que Puderam Pensar a Beleza 137
157. Da Firme Raiz 137
158. Da Fiança e da Liquidação 138
159. Do jardim das Oliveiras 139
160. Da Porta que se Abre com Cabeçadas de Carneiro 140
161. Da Coleta do Sal 140
162. Oráculo sobre aquele que Há de Vir onde os Deuses Dizem Novas Palavras e Repetem as Antigas 140

Parte V – O SAGRADO BALLET DE FLORA 145

DA ANTÍTESE DA BOMBA DE NÊUTRONS
 (ou "Do Retorno de Pã e Atys") 163

DAS OBSERVAÇÕES FINAIS, AO MODO DE POSFÁCIO 169

RELICÁRIO E PRESÉPIO: UMA SÚMULA DOS DEUSES, ANIMAIS, CORES E OFÍCIOS SAGRADOS 173

Para

Hilda Hilst
e
Sérgio Mastropasqua

*O que é a História, a não ser
uma fábula com a qual se concorda?*

Napoleão Bonaparte

APRESENTAÇÃO

Maria Sílvia Betti

A trama ficcional de *Cidade de Atys* tem, como ponto de referência, a perspectiva de suposta recuperação do plano mítico por parte do plano narrativo. Seu objetivo é, aparentemente, o de empreender o resgate da Grande Era dos deuses, de seus feitos e de seu discurso profético, veículo de revelação, dentro do contexto da contemporaneidade urbana deste final de século.

Ocorre, porém, que esse processo de resgate de seres e entidades míticas se desenvolve em registro propositalmente degradado: não há, no relato, deuses de primeira grandeza, e sim figuras mitológicas secundárias e destituídas de heroicidade; a fala profética da revelação é um deliberado pastiche de trechos proféticos bíblicos, e as criaturas míticas aludidas pertencem a um espectro desmesuradamente amplo de culturas originárias, tendo-se assim referências que vão desde o frígio Atys até o afro-brasileiro Oxóssi, passando pelo bíblico Onan.

A narrativa divide-se em cinco blocos temáticos, cujos títulos sugerem forte aproximação com a música – principalmente com a estrutura ampla e flexível da sinfonia – e encerra-se com um glossário de todas as referências míticas e culturais empregadas ao longo do texto.

Não pense o leitor afoito que se trata de um mero transplante de narrativas mitológicas para o contexto da pós-modernidade: trata-se, antes, da complexa montagem de um universo de alusões mitológicas, projetadas e enredadas com fina ironia sobre os fios narrativos, o que lhes confere uma nova e perturbadora funcionalidade.

A fim de levar a cabo esse projeto, Marcelo Novaes empreende aquilo que seria uma suposta sacralização do espaço da metrópole pós-moderna e recupera a referência a um centro fixo, irradiador de significados (a grande árvore mítica, o frondoso cedro mencionado no relato).

Ao mesmo tempo, constrói um discurso pontuado por simulacros de trechos proféticos e de pequenas seqüências alegorizantes, com deuses que prenunciam tempos vindouros, nos quais deverá ocorrer a tomada do plano histórico da contemporaneidade pelo plano a-histórico dos mitos. Cabe ao leitor o desafio de acompanhar os passos dessa ambiciosa construção, e de permitir-se investigar, a partir dela, o modo de inserção e de sobrevivência desses mitos junto ao fragmentário e icônico mundo pós-moderno.

Os recursos mobilizados na narrativa expressam, aparentemente, em seu conjunto, o desejo de transcender o tempo histórico de atos individuais e de cronologias, e de apreender, recuperar e transmitir a nova implantação da grande temporalidade mítica primitiva. Isso ocorre, porém, em registro irônico e redutor, com a perda do sentido original, onde o ritual de rememoração do mito é indissociável do processo de eterno retorno à origem, à qual ele se reporta.

Diante da iminência da implantação do mito anunciado pelos deuses, o cotidiano desaparece; perdem-se os referenciais usuais de contingência e circunstância e o plano da narrativa se impregna de alusões e relatos de entidades supra-humanas. A idéia implícita seria a de captar a história verdadeira, perene, essencial – não a história cronológica dos registros profanos, mas a totalidade significativa da experiência globalizante do homem em seu cerne mais profundo. O autor não visa, porém, à simples retomada dos mitos em seu relato ficcional. Seu desejo é, antes, o de refletir, com ironia e, em muitos trechos, com humor, sobre a inadequação do mítico – expressão do sagrado e da totalidade ontológica do homem a no mundo da contemporaneidade, da compartimentação, da perda de referenciais absolutos.

Evocando o tempo primitivo das revelações, Marcelo insere as falas proféticas dos deuses e descreve a irrupção do mito no plano da metrópole, entre prédios e antenas. Isso se dá, evidentemente, de modo a gerar, nesse processo, um olhar de estranhamento sobre os tempos profanos da história, passada ou presente. O próprio caráter cíclico, que caracteriza o sagrado enquanto tal, degrada-se diante do modo e do conteúdo da revelação: o enviado mítico, encarregado de anunciar a vinda de um novo deus é Onan, personagem secundário, desprovido de heroicidade e associado originariamente ao ato masturbatório. O deus anunciado provém do Hades, região de sombras onde habitam os mortos, e não é sequer nomeado.

O mundo mitológico contrapõe-se, assim, ao mundo da cidade, da *urbis* pós-moderna, o que explica seu caráter refratário quanto ao historiográfico puro e simples, e ressalta o processo de construção de uma pluralidade de referências mitológicas – verdadeira *bricolage* cultural e elemento de pós-modernidade dentro da trama de Marcelo.

A par de seu caráter supostamente revelador, a fala profética dos deuses acaba por ganhar um caráter crítico no qual a idéia de revelação surge, em si, como elemento fora de contexto, inserido num plano concreto (o da contemporaneidade pós-moderna) com o qual contrasta agudamente.

No que diz respeito à estruturação formal do discurso, *Cidade de Atys* apresenta dois fios de relato que se desenrolam paralelamente, com características e funções bastante diferenciadas, e, ao mesmo tempo, complementares. Por um lado, a narrativa em terceira pessoa, na qual o fio de eventos constituintes do relato se desenrola. Por outro, o discurso em primeira pessoa, onde os deuses tomam a palavra.

A narrativa em terceira pessoa é o plano dos eventos propriamente ditos: sua dimensão temporal é a do passado e ela reporta de forma figurada, em seu desenrolar, o processo extensivo de supressão dos ritos pagãos e o advento do novo tempo, com o nascimento do "menino": a ascensão dos valores judaico-cristãos, o surgimento da família patriarcal e a degradação do mítico, convertido em mera referência temática dentro do universo das artes.

Os segmentos de discurso em primeira pessoa, graficamente diferenciados através de itálico, trazem, por outro lado, a fala conjunta dos deuses dirigindo-se aos homens: sua dimensão temporal é a do futuro profético, veículo de revelações.

Ao contrário do "menino", os deuses alertam os homens sobre as catástrofes futuras e acalentam-nos com as perspectivas de instauração de uma nova ordem mítica, onde, após a punição dos maus e a destruição das cidades, vigorará a totalidade e a harmonia. Suas palavras são terríveis ou sublimes, e seu mundo de abrangências contrasta com o pequeno microcosmo do "menino", figurado metaforicamente na imagem da cidade por ele construída no aquário de que não se separa.

Desenvolvidos de modo paralelo e alternado, os dois planos, que constituem seqüências distintas, confluem e integram-se a partir do momento em que Onan, enviado mítico dos deuses, chega à terra, trazendo as notícias da era que se inicia. Inicia-se, nesse momento, o segmento final: a transfiguração dos dois planos se processa, dando lugar agora ao conteúdo anunciado da revelação. A entronização do mito, ou seja, a chegada do anunciado deus, que é negro e sem nome, degenera-se em procuras infindáveis e estéreis de um apartamento onde possa permanecer, e produz uma série de seqüências insólitas, em nada associáveis aos rituais de rememoração da origem.

Ironicamente, a vinda de Onan, que em seu próprio nome evoca a idéia do ato masturbatório, prepara uma seqüência de eventos que culmina, precisamente, com a cena final de Atys, o emasculado.

O tempo mítico implantado acaba por produzir, ao final, uma imagem degradada e irônica da viabilidade de sua recuperação e da perspectiva de uma visão universal ou universalizante da experiência humana.

O mito, enquanto negação da História, remete à epígrafe do trabalho – à História enquanto fábula, trazendo assim a idéia de que o resgate das mitologias, quando inserido no caótico e fragmentário mundo da pós-modernidade, nada pode senão produzir imagens vazias, desligadas da energia cíclica que, nos tempos primitivos, promovia os rituais e dava significado e univocidade à ação do homem.

A ontologia arcaica nega a historicidade a fim de instaurar um grande projeto onde a totalidade significativa da ação humana se represente. Mas o mundo da pós-modernidade não comporta projeto de tal porte e nem qualquer outra perspectiva que não a da pluralidade, a da relatividade e a da compartimentação.

E a grande ironia final é o fato de o trabalho encerrar-se, precisamente, com o glossário de seres e referências pinçados ao corpo do texto: o intitulado "Relicário e Presépio [...]", grande inventário que pretensamente visa ao esclarecimento do leitor, e que acaba por funcionar como espécie de galeria textual onde os dados míticos e as alusões históricas se mesclam e convivem na ordenação arbitrária da seqüência alfabética. Construção classificatória por excelência, o "Relicário", escrito em forma de glossário, sugere, ao longo de seus verbetes, a única forma real de recuperação possível: a do mítico como simulacro de si próprio, como fragmento incrustrado em meio às fissuras discursivas e conceituais da pós-modernidade.

São Paulo, 18 de janeiro de 1998.

Parte I

ABERTURA-RAPSÓDIA

*Onde se apresentam, preliminarmente,
os diversos cantos e temas, ora com estrépito,
ora com tédio; e se insinuam os deuses
entre homens e costumes locais.*

Capítulo 1
Da Cidade que Cai como Árvore...

Aconteceu. No terceiro mês de estar pisando a terra, passeando entre os prédios e antenas, Onan ouviu um Deus soprar-lhe ao ouvido.

Vês...? Agora são dores entre pedras amontoadas... Mas era essa cidade como um cedro majestoso, de formosos ramos e de frondosas folhas, e de sublime altura; e que elevava a sua copa por entre a densa ramagem. As chuvas nutriram-no, um grande conjunto de águas fê-lo levantar-se muito, muito alto... Rios corriam em torno de suas raízes, e deles saíam regatos que iam alcançar todas as demais árvores que por perto havia. Era essa cidade luz e sombra para as demais... Por isso se disse que como ela, como esse cedro nun-

ca se vira outro, que ultrapassava em altura a todas as demais árvores. Multiplicaram-se os seus braços, elevaram-se os seus ramos, por causa das águas abundantes. E, como estendesse sua sombra muito ao longe, todas as aves do céu fizeram os ninhos sobre os seus ramos, todos os animais dos bosques criaram [seus filhos] debaixo de sua copa, e um grande número de gentes veio habitar debaixo de sua sombra. Era formosíssimo pela sua grandeza e extensão dos seus braços; porque a sua raiz estava perto das águas abundantes. E não havia cedros mais altos do que ele; as faias não igualavam a sua altura, nem os plátanos lhe eram iguais na sua ramagem...

Mas porque esse cedro se elevou em altura, lançou tão alta a ponta dos seus verdes e copados ramos, e porque o seu coração se elevou por causa de sua grandeza, eu e os demais deuses o abandonaremos à sua própria vaidade, às suas dores e pedras, tumulto e confusão. E será cortado pelo pé, e será lançado sobre os montes, os seus ramos cairão por todos os vales, os seus braços serão quebrados sobre todos os rochedos da terra; todos se retirarão de debaixo da sua sombra e o abandonarão...

Capítulo 2
... E DE OUTRA (CIDADE) QUE SURGE COMO UM FILHO DILETO

E virá outra árvore do chão, [emergindo] à feição de um filho, que atrairá todas as aves dos céus para habitá-la, e todos os animais da terra se acolherão debaixo dos seus ra-

mos. E será insuperável em altura e formosura. E, vendo-a, homens e pedras e aves saberão de nós, de que somos deuses e de que não nos esquecemos de sê-lo, em qualquer tempo.

Capítulo 3
Do Registro Esmerado para a Eternidade

Temos, Onan, palavras abundantíssimas para os homens. Agora, pois, ouve tudo com capricho para que seja gravado sobre uma prancha pela tua própria mão, e faça constar com cuidado [tudo] num livro, para que seja no futuro um testemunho eterno. Porque esse povo está nos provocando [a ira], provocando-nos a nós, deuses; e são filhos mentirosos, filhos que não querem nos ouvir...; [filhos] que dizem aos que vêem: não vejais; e aos que olham: não olheis e nem vaticineis para nós coisas retas; falai-nos de coisas agradáveis, profetizai-nos coisas alegres, mesmo que sejam erros. Afastai de nós este caminho, afastai de nós esta vereda...

Por este motivo, dize a eles em nosso nome: Visto que vós rejeitastes esta palavra, pusestes a vossa confiança na calúnia e na perversidade, e nessas coisas vos apoiastes, por isso essa iniqüidade será para vós como uma abertura, ameaçando ruína, e que se torna visível em cada parede, e que [por causa disso] vem a desmoronar quando menos se espera. A cidade será feita em pedaços, como [quando] se quebra com uma fortíssima pancada uma vasilha de barro; e não se achará entre os seus fragmentos, um caco maior do que um selo...

Capítulo 4
Do Presépio Originário

Um menino nasceu e foi posto em manjedoura, deitou-se em pedra-de-estábulo. Ali estava, enrolado em faixas, panos, porque não lhe havia lugar nas estalagens, nem para seus pais, e outros mais caros não os podiam pagar. Era aquela a cidade de Davi, Belém, também chamada Éfrata, pequenina entre as muitas de Judá, exaltada pelo profeta Miquéias como lugar de Salvação. Sendo cidade assim tão sagrada e ínfima (pequena para um servo, o que dirá para um rei...), o menino logo se viu cercado de bois e burros, pastores, magras cabras e magos do oriente. Chegaram proclamando graças, contando visões e sonhos, salmodiando hosanas, e se quedavam ao chão, em respeito. Traziam presentes achados no caminho, folhas, galhos retorcidos, um pouco de chuva e ao menino chamavam primogênito de Deus, visita dos mortos, varão da casa de Josafá, Jorão e Orias. Lembravam-se das oito visões de Zacarias, invocavam os patriarcas Jessé e Acaz, dançavam congas, rapsódias, e os anjos tocavam música para celebrar a data. Tudo isso, imagem-de-festa-memorável, Míriam, sua mãe, guardava em seu coração. Oito dias depois, circuncidou o menino e lhe pôs um nome, também soprado por um anjo como música: Jesus, que quer dizer, "Javé é Salvação".

Por força dessa data e desse nascimento, anunciariam mais tarde, ainda nos tempos de Tibério, o fim de uma outra festa: "Mandem avisar que o grande Pã morreu..."

Capítulo 5
Da Triste Aberração

E se morrera Pã, esgotado em seus esforços de sustentar o insano mundo, fora, talvez, porque aquele rei, servo e menino não lhe ofertara a vida mas, num tristíssimo desígnio, doara o seu sangue a homens já sem deuses.

Capítulo 6
Do Arrependimento Sagrado

E também não mandaremos mais nenhum Messias, para que lhe arranquem os olhos ou lhe lambam os pés, para que lhe cerque o ímpio ou o incomode o tolo seguidor. Porque enquanto o primeiro tenta cercear ao Messias o seu trabalho, o último não se põe em condições de fazer algo similar [ele também]. *Mas o dócil e o imbecil só saberão proclamar as graças daquele que seguem, até que já não tenham mais voz... E nós não enviamos um Messias ao mundo para que faça mudas as gentes...*

Por isso, chamamos [agora] *do Hades este outro* [que já vem] [e] *que não possui magnificência...; chamamo-lo do reino dos mortos e ele nos disse: "farei o melhor que puder..." Como artista estreante ou um ator coadjuvante, ele nos repetiu: "I'll do my best", para que lhe entendessem as nações e confiassem nele. E agrada-nos muito a modéstia e a segurança com que o fez.*

Capítulo 7
Do Cristo que já Não se Vê com a Nitidez Antiga

"Senhor Jesus, filho do Deus vivo, tende piedade de mim, pecador..." Na cidade, os míopes aproximam mais seus rostos das portas dos sanitários públicos, para distinguir e recitar orações. Querem, alguns, fazer cirurgias para voltar a ver bem. Mas terão de piorar primeiro. Cirurgias só funcionam para os graus maiores. A cidade oferece seus remédios para os grandes problemas, não para os pequenos. Ela se encarrega de disseminar mesquinhos, pequeníssimos problemas por toda parte. E a cada um cabe desdobrar os seus e ampliá-los, até que atinjam o limite de gravidade que prevê a intervenção e a cura.

Capítulo 8
Do Exaltado e Delicado Ato de Fiar o Tempo

O ato de fiar é sempre delicado. Cloto, Láquesis e Átropos, as três parcas, tecem, dobram e cortam os fios das vidas humanas com cuidado, com as delicadezas de mãos acostumadas ao escuro. Nos infernos, fiam as parcas os destinos, tecem urbanas teias, e toda vida é um fio a se desprender de suas mãos.

Homens urbanos escrevem quando estão exaltados, quando dispara o coração e parar quieto é uma impossibilidade (em vez de andarem de cá para lá, escrevem; se não o fazem, as pernas tremem). E fazem emanar seus fios-de-tinta (e seus enredos) dessa inquietação...; e é sempre perigoso o ato de fiar (é ato de minúcias), de traçar linhas nos papéis ou nos tecidos, no chão com os pés (são também perigosos os atos-de-dança). Escrevem uns, dançam outros, pintam e bordam e pintam e comungam todos com as Graças, celebram Dioniso nos espaços que há pelas urbanas (es)quinas.

Capítulo 9
Dos Ritos Cristãos-noturnos

Tristes e pálidas mulheres, carregadas de culpa e dor e ócio, dizem em relação ao Menino, cada uma: "eu me preparei para este Homem" e, então, se deitam. Mas ritos de amor e sono em companhia do Homem-menino não são os únicos. Também os há, outros, para deixarem almas acesas, mulheres acesas, dançando seu fogo pra lua, deixando rastros de sóis pelas ruas...

Capítulo 10
De um Passeio nas Dobras e nos Cantos

Os escritores enxergam, na noite, mulheres menos pálidas. Vêem as amazonas nos cantos escuros e fundos de copos, e também no claro dos papéis, dos tecidos e das auroras...; vêem-nas passear nas dobras de seus cérebros e de suas peles, tecem-nas em suas linhas e fazem-nas viver. E o passeio das amazonas é semelhante ao das mênades, essas damas do Dioniso. Quando caminham para a casa de uma parturiente, dançam e gritam, atiçam cadelas e gatos, montam em cavalos; se encontram uma carroça, partem-na em pedaços; se encontram homens, arrancam-lhes os chapéus e enchem-nos com excrementos. Já próximas à casa da que está para parir, põem-se a correr em grupos, uivando...; entram nas casas vizinhas tocando a bebida e as comidas que lhes agradam, pegando em toda carne agradável e, se encontram homens, obrigam-nos a dançar.

Capítulo 11
Da Memória da Natureza

Expulsaram a natureza da cidade...; expulsaram Pã e os artistas. Natureza e arte postas em lugares fechados, como em novos lugares sagrados. Parques para visitação pública, com ingressos pagos. Salas de espetáculo idem, com ingressos mais caros. As cores e a beleza já não se acham mais em qualquer parte.

Hefestos, o deus coxo, renegado por sua deformidade, inventou, como que por desforra, as jóias e os adornos. Criou ornamentos, substitutos de uma beleza-em-falta. E a cidade, privada em extensão de suas árvores, inventou os parques, que lhe servem como um colar verde com que se ornamenta.

Capítulo 12
Do Pasto de Fogo

Porque a impiedade se acendeu como um fogo, ela devorará os abrolhos e os espinhos, atear-se-á na espessura do bosque, e subirão ao alto turbilhões de fumaça. Turbou-se a terra pela ira e virão a ser o verde e as gentes como pasto de fogo.

Capítulo 13
Do Jogo de Vidro

E nessa cidade de verde posto nos bordos e arte em salas, os homens também se distribuem em cubículos, na maior parte das vezes, mínimos. Num desses apartamentos, outro menino brinca de montar cidades dentro de um aquário. Quer rearranjar coisas e pessoas em novos compartimentos. Pensa em festas, pensa em deuses pagãos sem saber seus nomes...; sem saber quem são os chama para dentro, para participarem do rearranjo... Convida-os, agora, a habitar a cidade que os expulsou.

Capítulo 14
Breve Inventário dos Ofícios Divinos

Por amor de ti, que brincas de recolocar as coisas no tempo como [fossem] *peças de vidros, te chamamos pelo teu nome; traçamos o teu retrato, e tu não nos conheceste os nomes. Somos os deuses. Tu não nos conheceste os nomes. Nós formamos a luz, criamos as trevas [primeiro as trevas], fazemos a paz e mandamos os castigos; estes, sempre os mandamos por último. Somos os deuses.*

Capítulo 15
Dos Insetos que Cobrem um Rosto de Família

Num espaço ainda menor do que um aposento ou aquário, numa moldura ainda menor (retrato em pé sobre a mesa da sala, em moldura de madeira), está a família do garoto, também coberta com vidro. Cada inseto que vem habitar o apartamento sem pedir licença, tem aí o local de sua predileção.

Capítulo 16
Das Ovelhas e Gazelas

Então a cidade será como a gazela que foge e como a ovelha que ninguém recolhe. E cada um procurará abrigo em outro lugar, pouso em outra parte, mas será em vão. E em sua fuga ouvirão os gritos dos que estiverem sendo massacrados, e darão seus próprios gritos; e suas casas serão saqueadas por insetos.

Capítulo 17

Dos Mergulhadores que Não Querem Nascer

Esse menino chegou ao mundo arrancado, como costumam vir os meninos ultimamente. Parecem não querer nascer e, quando o fazem, têm pressa de abandonar a raia-do-mundo mergulhando, cedo, em seus aquários-de-sonhos.

Capítulo 18

De uma Moderna Classificação de Sonhos, Apoiada na Genética

E têm, esses meninos, uma bagagem específica nos genes. Supõem que estão destinados a compor uma nova raça. Trazem, no arranjo dos cromossomos, uma capacidade para ver luzes e deuses, dialogar com luzes, cheirar luzes, sempre deuses e luzes...; e uma atração pelos pólos, lugares abertos ou muito fechados, claros ou esfumaçados, e a necessidade de contemplar a secular decadência para entendê-la bem. E esses arranjos de genes são responsáveis, ainda, por duas espécies de sonhos: aforismáticos ou terríveis. Considerando-se que os há puros e híbridos, as categorias de sonhos já somam cinco ao todo. Os puros, ditos aforismáticos não-terríveis, ou terríveis-sem-qualquer-aforismo, já escasseiam e tendem, no futuro, a se tornar raridade. É que o curso do tempo tende para as misturas. Há, ainda, os três sonhos híbridos que trazem em si, desde já, as marcas da tal evolução do tempo. São os aforismáticos-terríveis, chamados assim pelo predomínio da concisão e do enigma sobre o medo; os terríveis-aforismáticos, merecedores da inversão dos termos por exibirem menor número de passagens oraculares e por serem sobremaneira medonhos. E há, finalmente (cume da perfeição dos tempos), os chamados "vice-versa", onde não há vestígio de exibição ou preponderância de termo algum.

Capítulo 19
Dos Partos e Pesados Erros da Natureza

Se mudaram os meninos, as mulheres também já são outras. Já não parem mais de cócoras, como ainda o fazem as galinhas; não aninham nem lambem como gatas ou cadelas, nem partejam idéias grandes mas de espírito móvel. Muitas se queixam da gravidez, não querem parir mais. A natureza fez tudo errado, dizem. Como pôde obrigá-las a lançar fora uma coisa daquelas, de três quilos! Como pode querer que zelem por essa coisa com tanta aflição e por tanto tempo? Podia ser diferente. Podia nascer a coisa em umas poucas semanas; duas, três, com o discreto tamanho de um gambazinho. Mas essa mesma natureza quer torturá-las de aflição e espera, dobrar seus corpos (coluna para trás, a equilibrar o peso da coisa volumosa), encher suas barrigas e alargar suas bocetas. A natureza quer mesmo vê-las fodidas e arreganhadas. E, convenhamos, um gambá já seria de bom tamanho.

Capítulo 20
Da Mãe Antiqüíssima

Toalhas de mesa brancas, rendas, faianças. Bordados. Copos e jarros azuis. Mansa luz sobre tudo, eterna luz sobre os olhos. Cibele os tem úmidos e negros, eterna mãe caçadora de súplicas (e o que ela tem sob o horizonte negro dos olhos é o mar lodoso e vasto), presença sumamente amada nas refeições dos deuses, em posição central na mesa olímpica. Ela move braços, dedos, alcançando cantos de mundo, confins, e inflexiona a voz de oito mil modos. Cantora, canta os sonhos que seus olhos lêem e que lhe chegam como fagulhas, agulhas finíssimas, rumores de fósforos recém-acesos; chegam-lhe como brinquedos caros, dores boreais, como silêncios de algas noturnas, ares, sopros, crepúsculos nos dorsos das enguias... E tudo que lhe chega é movente e fluido, é água, mapa imerso em aquário de criança que não se cansa de brincar. Criança que não se enjoa de brincar. Como mãe antiga a atender apelos, Cibele se ri de tudo, e se decide a participar da dança no aquário, no preciso momento em que lhe são oferecidos os divinos licores.

Capítulo 21
Retrato de Família

Por algum capricho comum nos dias que correm (talvez impresso, ele também, na disposição dos genes), os meninos já não sabem apreciar retratos antigos bem-emoldurados; e esse nosso personagem, precocemente, abjura os de sua própria casa, postos sobre a mesa com tanto gosto.

No retrato discreto e preto-e-branco (as cores que melhor revelam a vida), a grande dama da casa tem as pernas cruzadas. As mãos postas em cruz sobre a bolsa preta, no colo, revelam que ela é uma devota cheia de resignação. Pendurada no peito, medalha, uma santa de sua predileção, outro modelo de paciência (e como se arrasta lento o tempo para essas mulheres que nunca descruzam as mãos...). Seus olhos deixam transbordar o medo e a aflição que ela experimenta pelo marido. Seus lábios se torcem para baixo, a cabeça para o lado, tudo denunciando a desarmonia que ninguém quis flagrar (e não foi para tal que se pagou a um fotógrafo tão bom).

O marido a tiraniza de forma contida, solene, do seu lado direito (ele é sua consciência e sua razão). Posição cuja posse, ao lado de Jesus sempre menino, disputavam os apóstolos mais ambiciosos. Esse marido e pai é o doutor da casa, seu guardião, seu guarda. Tem o cabelo bem aparado, o olhar bem-aparado e pedante, o terno convencional-listrado, bigodinho. Boca simetricamente fechada, nenhuma torção, tudo bem aparado. A gravata possui listras no mesmo sentido das do terno, recolhida sob o colete, simétricas às que possui a gravata do filho mais velho, de pé, atrás do pai, bigodinho igual. Faltam ao filho os óculos quadrados que emolduram o olhar do pai, ele ainda não leu o bastante. O terno ele já tem. E poderá impor (vê-se, pelos olhos de ambos) à sua mulher os mesmos suplícios, inclusive os sexuais, que seu pai impõe à sua mãe.

Entre marido e mulher (nobres almas que geraram esses rebentos, ele com a força, ela com o comedimento), se encontra a filha mais moça, pálida, pequenas mãos fechadas sobre os joelhos (a conhecida contenção das puras), meio sorriso, semidestituída daquela futilidade infantil que é a alegria...

Sobre esta filha (na foto, de pé, atrás do sofá, onde os pais e ela se sentam), o filho-do-meio, espremido entre as muitas circunstâncias familiares. Irremediavelmente magro e ressequido, cabeça e lábios fazendo coro e contrapeso aos da mãe, elementos complementares na dança familiar. "Guarde os brinquedos, meu filho..., ajeite a roupa..., porque o doutor está chegando..." A voz prestimosa da mãe lhe deve, ainda, ecoar nos ouvidos e na imaginação, como a de um deus onitroante.

Entre este filho e o mais velho, está a irmã-problema, famosa, já adulta. Semblante hilário-transtornado, magérrima, enfraquecida pelo choro mudo da mãe e pela autoridade do doutor, desvitalizada, à procura de um rosto ou de uma expressão menos deformados do que a foto revela. Já experimentou eletrochoques na adolescência (para o seu próprio bem, afinal... não queria comer...), depois se recuperou. Mas dependendo sempre do acompanhamento dedicado de seus pais e da desconfiança de seus irmãos. Quando sai de casa (por razão justa, naturalmente..., quando se faz necessário e muito, nunca por trivialidade) é com a mãe chorosa, com certeza (e por que aprender a ser sozinha se ela não tem gosto de transitar pela vida?). Se chegar tão longe (os transtornados, às vezes, também duram muito, como noviças ou paisagens em regiões desertas), aos sessenta anos deverá ser a irmã enjeitada (e, então, já poderão enjeitá-la os que hoje dela desconfiam), dois meses na casa de cada irmão, em sistema de rodízio. Já, então, sem a sua mãe, estará chorando tanto a morte daquela (que sempre a acompanhara) quanto aquela chorara a morte do marido, desde a viuvez (os homens costumam ir mais cedo para o túmulo e, ademais, já são mais velhos quando se casam; e também mais responsáveis, o que ajuda a consumir suas vidas).

Na foto, o garoto-do-aquário (sem aquário) quase não aparece..., mas está no canto... esquerdo..., como que preparado para aparar a cabeça da mãe (se ela descruzar as mãos e se inclinar), não sem, ao mesmo tempo, cair no braço do sofá onde, precariamente, se apóia.

Capítulo 22
Zeus Segundo Poussin

Existe um quadro de Poussin, *Infância de Zeus*. Enquanto a ninfa Melissa colhe os favos de mel, a outra ninfa, Adrastéia, dá ao menino Zeus leite da cabra Amaltéia. É o único quadro que enfeita, além dos livros, a biblioteca do doutor (ele a tem, magnífica, no apartamento..., imponente como um nome de cabra mitológica). Entre suas leituras, nas pausas, o homem só se distrai com o pai dos deuses olímpicos. E o filho, impedido pela autoridade a olhar dentro dos livros, com o outro menino (Zeus) se distrai do pai.

Capítulo 23
Do Pão e das Novas Palavras

E antes desse tempo feliz terá [o pequeno] *o pão da angústia e a água da tribulação; porém* [depois] *verá que nunca se afasta dele a segurança. Os seus ouvidos ouvirão nossa palavra, quando clamar a nós, e quando chegar a hora, verá clamar à sua frente o novo condutor de rebanhos, que dirá: este é o caminho, segue por ele; não declines nem para a direita, nem para a esquerda; também não saltites. Então, o menino considerará como coisas profanas todos os textos que cobriam sua casa, bem como os hábitos e palavras daqueles que os guardavam. E ele arrojará para longe de si as palavras e os hábitos, como um pano sujo em demasia. "Fora daqui", lhes dirá. E será dada chuva para o seu grão, onde quer que ele o semeie na terra; e o fruto que [a terra] produzir será excelente; naquele dia será o cordeiro apascentado em espaçosa extensão; e os bois e jumentinhos que [também] lavram a terra, comerão uma mistura de grãos, tais como foram padejados na eira. A luz da lua será como a luz do sol, e a luz do sol será sete vezes maior, como seria a luz de sete dias juntos, no dia em que nós atarmos a ferida do pequeno, e curarmos as suas chagas.*

Capítulo 24
Da Decisão (Feita) por Amor a um Único

Depois de beber, Cibele pede a palavra, quer cantar. E os deuses todos, alguns já bem embriagados, se entusiasmam por ouvi-la (e como é boa a voz licorosa da deusa, são bons seus peitos magníficos arfando, mansos, quando ela inventa de entreter amigos que se reúnem...).

Quando todos já silenciaram (as Graças, Mérope, Enópion, dezenas de oréades e Hipátia...), ela disse: *"Se são meus filhos, sabem de mim. Se me amam, seguem meus olhos, e já sabem o que vejo. Vejo uma cidade. E os quero ali, dois, ou três, ou mesmo cinco, porque um está descontente... e bastaria [o descontentamento de] um único para que eu já me decidisse a enviá-los, todos..."*

Capítulo 25
De um Formoso Bago de Uva

Como quando se acha um e formoso bago num cacho de uvas e se diz: não seja desperdiçado, porque é uma bênção; assim faremos nós por amor de um único bago, de modo que não se destrua tudo. Faremos sair da cidade uma posteridade e brilhar sobre ela um condutor que nós amamos; e os escolhidos herdarão o lugar. As campinas servirão de tapada de rebanhos, e o vale de redil aos gados, para aqueles do povo que nos buscarem.

Capítulo 26
Da Força e da Fraqueza

Continua Cibele: *"Este um está descontente, por ter sido submetido à força e à fraqueza de seus iguais. Humano e descontente por fatos tais e humanos, aproximou-se de nós, e retém em torno de si a nós, por força de seu anseio e seu desespero. Retém [por tais meios] esta mesma assembléia em torno dele".*

Capítulo 27
Do Balbucio Infantil e do Conhecimento Inato

Porque, antes que o menino saiba chamar por seu pai e por sua mãe, pelos deuses já será conhecido, e a eles saberá chamar.

Capítulo 28
Do Confinamento do Lince num Aquário

"Tem aquela digna expressão de revolta no rosto, o que faz com que possamos confiar nele, [assim] como confia em nós. Inquieto, como um lince aprisionado, retesa e torce seu corpo e carrega seus traços cada dia um pouco mais...

"Se pudesse contar conosco, refaria a cidade inteira, não sem antes destruí-la por completo... Mas é capaz de deixar todo esse sonho confinado nos limites de um aquário, por nossa causa. Focado em nós, desliza por entre homens quase sem vê-los... [deles desfocado]. Por isso pode ser polido, por que mal entra em contato. E, porque não se mistura, podemos conservá-lo no meio de nós, buscar seus sonhos e suas ruas, ...alcançar suas ruas para que não morra de forma alguma, nem mate."

Capítulo 29
Do que Sabe Contar Árvores

A glória do bosque e dos campos será consumida desde a alma até o corpo. E as árvores que ficarem poderão ser contadas em conseqüência do seu pequeno número, e um menino poderá escrever a lista delas.

Capítulo 30
A Mão que Pilha É a Mesma que Protege

Estendemos a nossa mão uma segunda vez, para possuirmos os restos de nosso povo que tiverem escapado do furor daqueles dias; e esses restos serão reunidos e protegidos.

Capítulo 31
Do Cozimento dos Grãos...

"Este arroz está duro, mal cozido, e fere o meu palato." Era assim que o Ph.D. se referia à refeição, quando sua mulher perdia o ponto exato do cozimento dos grãos. Com termos precisos, inequívocos. Feria-lhe o palato, sim.

Capítulo 32
... e da Gênese da Miopia

O garoto, nos almoços, para poupar-se, abstrai; desfoca ouvidos e olhos. Brinca de fazer surgir duas ou três imagens de pais e irmãos que não ouve falar. E, depois, enterra-os em poços, sepulta-os em fossos, silenciosos. É o medo que faz doentes os olhos, constrói miopias e nos deixa surdos. É o medo o pai das doenças dos olhos – lêem-se evangelhos por medo, escrevem-se-lhes comentários por medo ainda maior. Debruçar-se sobre muitas histórias faz fracos os olhos. Olhar-se a si mesmo, desfocando-os, tem efeito semelhante. O olhar firme é o olhar que não pergunta muitas vezes a mesma coisa, nem se acostuma a chorar por ninharias como a morte.

Capítulo 33
Das Refeições em que se Servem Ambigüidades

Todas as mesas se encheram de malícia, de vômito e de asquerosidade, de modo que já não há lugar que esteja limpo. A quem os deuses ensinarão a ciência? A quem darão a inteligência de sua palavra? Aos muitos velhos e incultos. E aos meninos que acabaram de desmamar. Porque, nas suas casas, os homens, cheios de escárnio, mandam e tornam a mandar; dizem e desdizem, e jogam com muitas ambigüidades. Porém nós, deuses, falaremos a esses pequenos com outros lábios e com outra linguagem, estranha a este povo.

Capítulo 34
Do Fruto da Terra

O doutor e seus filhos riam, e provocavam estalidos com a boca que lembravam trovões, vozes de deuses ferozes, implacáveis. De vez em quando se ouvia algum comentário: "já imaginou comer o tamarindo puro? Dói aqui, ó". E apertavam suas gargantas. Parecia ao menino que queriam apertar a dele também, para impedir sua deglutição. "O que pretende comendo tanto (isso tem de ter fim, algum limite), crescer depressa? Ultrapassar teus irmãos e teu pai?"

Capítulo 35
Da Sede (Sêde) da Memória

Já se sabe que a sede da memória é a garganta, e que colares seguram acontecimentos e lembranças. Foi sempre assim. Alguém chega ao restaurante já engasgado com o que doeu na véspera (com algo que mal conseguiu engolir). Ajeita a go(e)la ou o colar, mas a situação não se alivia, algo não pode sair dali... Quase não come..., pouco conversa. E assim acontece a cada um (restaurantes fecham a cada dia...), sente que algo trancou sua garganta. Como se algum silêncio ou fato fora de si o fizesse emudecer. Como se uma palavra alheia se instalasse ali, por empréstimo, e ficasse presa como pedra; um pomo guardado ali zelosamente, a parte mais saliente do fruto intragável (tamarindo?) e da angústia.

Capítulo 36
Do Esquecimento

"Desde quando ele tem a garganta inflamada?"

"Desde que bebeu meu leite, doutor."

"É muito pequeno, e a garganta é um órgão estratégico, um foco infeccioso importante..., vocês sabem..., não convém esperar por novas infecções..."

"O senhor então acha..."

"Acho. Convém operar..."

"E é simples, doutor?"

"No caso dele, sim... Crianças tão pequenas dispensam anestesia geral..., nem entendem o que lhes está acontecendo...; se sofrem, não é tanto, e esquecem depressa..."

Era uma opinião médica abalizada.

Na hora da cirurgia, dois irmãos agarraram os braços do menino por detrás da cadeira, o enfermeiro abriu-lhe a boca com energia, e o pai ficou assistindo ao mistério da cura com a boca aberta... O menino não pôde engolir a saliva, nem ler os pensamentos do pai, nem, imobilizado, ver os dois irmãos. Sua mãe trazia as mãos ao colo e suspirava na sala de espera.

Saindo da cirurgia, ele não pôde perguntar o que havia ocorrido. A garganta doía. E parecia que sua voz também doía ao ouvido do pai, que não queria ouvi-lo, nem falar-lhe, para que se cumprisse mais depressa a profecia do médico de que ele iria se esquecer de tudo.

Capítulo 37
A Arquitetura da Vingança

Desde que passou a ler, o garoto passou a apanhar de outros meninos. É fácil para estes baterem em crianças que lêem, pois elas brigam mal ou nem têm vontade. São mais contidas e extravasam menos seu amor. Mas, de vez em quando, uma dessas crianças, de tanto sentar-se para ler, descobre poder montar sua cidade, para percorrê-la sem se levantar, sem grande dispêndio de energia amorosa, e para colocar outras crianças que brigam dentro dela.

Capítulo 38
Do Jogo das Contas de Vidro

Em mãos infantis, a existência parece um jogo de contas, de folhas, um filme de Peter Greenaway, um devaneio de Tritêmio ou Raymond Llull; a vida traduz-se em exercício de análise combinatória, sortilégio, reflexão de ingênuo ou de sábio, passatempo de Gerald Thomas. Lila, jogo divino. Música sempre recombinada.

Capítulo 39
Dos Caminhos Estreitos Feitos de Palavras

Nas escolas, ensinam-se línguas e modos-de-fala que só são úteis para os lugares fechados, cubículos, repartições. E, assim, todos já se perdem nas ruas, procuram refúgio nas fábricas, nas casas de comércio e nas igrejas.

Capítulo 40
Do Anteprojeto de Ruína

Desde os dias antigos nós formamos este projeto, e agora o executaremos. Assim foi feito para a ruína da cidade fortificada. Os seus habitantes, tendo as mãos débeis, tremerão e ficarão confundidos: tornar-se-ão como a erva dos campos, a relva do pasto e a erva dos telhados, que seca antes de amadurecer. Os deuses conhecem a habitação de cada um, a entrada e a saída, as portas trancadas e os esconderijos, e aqueles a quem expulsarem não tornarão a entrar nesta cidade, e terão uma coroa-de-dor nas têmporas, um colar na garganta e um freio nos lábios. E o que ficar salvo e restar desta cidade, lançará raízes, e produzirá frutos ao alto.

Capítulo 41
Do que se Escreve Certo com Linhas Tortas

Nas ruas da cidade é cada vez mais difícil traçar retas. Se alguém tem um furo no sapato, um único que seja, já tem de procurar pisar nos lugares secos, limpos, fugir das sombras, de tudo o que a cidade desprezou. E o seu passeio se transforma em curva, sinuoso, longo. Aprende a traçar silhuetas nas pedras do chão. E assim, belas curvas se desenham nas ruas da cidade.

Ao homem que pudesse ver tudo do alto (como de um avião a sobrevoar Nazca) lhe pareceria que os deuses haviam escrito, ali, belos textos com as mãos trêmulas.

Capítulo 42
Do Dano que Traz o Orgulho

De tanto ler, de tanto trabalhar em seu jogo e de tanto participar de almoços, o menino já precisa usar óculos. Pressente que isso deixará seu pai orgulhoso e, ébrio de orgulho, quase deixa o aquário cair da mesa, depois quase cai e se instala dentro dele, e o quebra.

Capítulo 43
Das Teias (Divinas) que Enredam um Aquário e uma Cidade

"Essas lentes apresentam inúmeras vantagens. São mais leves..., inquebráveis..."

"E não riscam?"

"Ah, isso riscam..., riscam sim..., mas são riscos finos..., como fios de cabelo..., não atrapalham a visão..."

Fios de cabelo que não tardaram a se manifestar. E o menino logo viu a cidade presa numa teia.

Capítulo 44
Do Gesto Obsceno e Sagrado

Ártemis, Ilítia, Melissa..., todas lá estavam, em torno da mesa e de Cibele. Mulheres sempre comparecem em maior número nos almoços. Mas também havia heróis e mártires exibindo, em seus corpos, as marcas de suas lutas, suas melhores credenciais. Todos prestíssimos em atender a convocação de Cibele. E logo chegou Orígenes mostrando, para consternação geral, sua castração. Pensou que com isso comovesse a Grande Mãe e que ela se lembraria de seu querido Atys, por certo. Mas tudo o que conseguiu foi embaçar seus olhos e estragar seu apetite.

Capítulo 45
A História de Atys

Atys, por que Cibele o amou tanto? Será por causa das histórias que contavam seus olhos, por que o pastor amava as grutas e as regiões desérticas, e por não se cansar de sua própria companhia? Será por que Atys não se cansava de Atys que era amado? Queria a deusa que ele cuidasse de seu culto, de lembrá-la e de fazer que a lembrassem. Mas uma ninfa nascida de um rio, a belíssima Sangáride, amou Atys pelos seus pés, pelos seus pêlos, pelo tom grave de suas palavras. Ela o amou por sua força e solidão. E não se passou um dia sem que ela fosse falar-lhe em sua gruta, não fosse cantar-lhe, contar-lhe do rio, contemplar seus pêlos e sua força. E tanto fez, e tanto cantou um canto-de-rio, e tanto brilho e luz tirou de suas águas e de sua voz ondulada e de seu corpo, que Atys quis mergulhar nele e quis beber seus beijos. E deixou de pensar em Cibele enquanto esteve em seus braços...

Mas como em tudo o que se faz, Atys teve de sair de seu mergulho, e o fez encharcado de rio, boca salivada pelo doce de fruta d'água, os pêlos úmidos de festa... A ninfa, então, se foi..., carregando a doçura e a força em seu leito, o júbilo e a tempestade. Ela arrancara daquela voz-de-pastor um hino grave, notas de gratidão e de gozo, canto maravilhoso, andante *non troppo*, marcha nupcial. E enquanto cantava aquele, não celebrava seu culto, não pensava em Cibele, não a abrigava em seu deleite d'água, em sua festa, em sua casa coberta de pêlos. Ela deixara de habitar seus hinos e seu júbilo, seus sonhos e o espaço-de-seu-amor pelo tempo que as águas de um rio levam para percorrer a extensão de uma cidade. E doeu muito ao pastor esse esquecimento, quando acordou do sonho novo para recobrar o antigo, quando se viu só e molhado e triste na solidão de sua caverna, desesperado pela ausência da Mãe em seu rústico peito...

Ele quis se lembrar do tempo em que fora encontrado nos juncais do Sangário, e aceito pelo amor de Cibele. E desde então ele pôde cantar sua beleza, celebrar seu culto. E esse canto único (de amor e de beleza) havia se perdido, agora, no abraço de uma ninfa, nascida daquele mesmo rio que lhe vira desde o nascimento. Cibele o quis para ser o seu cantor. Atys quis se lembrar de tudo, mas não pôde..., não pôde porque afundara o seu passado de amor e cantos, cobrira-o com água. Desamparado e só em sua gruta, sem beijos, sem ninfa nem saudades, sem mesmo memória, ele esfregou seu corpo contra as pedras e o fez áspero, e seus pêlos se foram. E cobriu-se de pó e desespero, e arrancou seu júbilo e perdeu seu falo. E emudeceu. Acordou a todos os deuses com seu silêncio, e com o mistério de ter-se coberto assim de pó, de desespero, de aspereza. O jovem Atys não deixava de ser belo, ainda que sem pêlos e que mudo, ainda que não mais um cantor ou um homem. Todas as hamadríades se compadeceram..., os rios e o vento, e as águas de todos os poços, e os deuses das setecentas direções... E se os homens o vissem, se mutilariam também.

Cibele se compadeceu de todos, de Atys, dos rios e das hamadríades que têm as suas vidas ligadas às das árvores. E no seu amor vivo e penetrante, chamou o desesperado para sair de sua gruta e de sua culpa, e o fez cantando em seu coração um canto que nunca ouvira. E lhe disse que as grandes mães já não têm ciúmes, e que já não se preocupam com mergulhos, amores, gozos..., e que os amava, a ele e à ninfa, e ao rio, e aos poços de água, e às estradas que levam a todo lugar, aos infernos ou aos cumes onde dançam as náiades. E ela viu que o jovem ainda era bom, formoso e doce mesmo assim, mesmo que seus olhos não pudessem brilhar história alguma. Um tempo que quis se apagar, um canto que se extinguiu..., Atys se cansou de si, teve medo. Fugiu. Mas, ainda assim, ela quis lhe devolver viço e cor, dar vigor àquele corpo sem-memória e maltratado.

Cibele quis amá-lo ainda, e quis presenteá-lo, porque fora tão formoso e tão fresco, e já tão sem brilho... Ela o retiraria daquele tempo que o incomodara tanto, como um canto mau que tivera de silenciar. E ele nunca mais morreria, nunca mais se moveria de debaixo do sol, não mais reencontraria o escuro de uma gruta ou de seu desespero. E não precisaria mais cantar, nem pensar, nem se mover, porque essas coisas fazem tropeçar no tempo. E seu corpo seria um canto imóvel e verdejante, e estenderia seus braços como ramos, e seus pés adentrariam a terra para levar frescor e vida aos infernos... E ele seria firme, e amado, e visto, e ainda mais vivo e verde no tempo da primavera, nos dias das flores. E não se perturbaria mais com o tempo, nem com o esquecimento, que é a sombra daquele. E agregaria em torno de si os homens de bem, e as aves e seus cânticos-de-asas, e meninos, e mulheres acusadas de seduzir, e velhos bondosos que sobrevivessem às recordações e às injustiças. E para lhe provar que não haveria lugar para a dor, a solidão ou o ciúme em seu novo canto verde, permanente, mudo, Cibele escolheu a mais linda hamadríade para dançar em torno dele.

Capítulo 46
Da Fragilidade das Teias

A medida que lê mais, o menino aumenta o grau de seus óculos, e já se aproxima da possibilidade de ser curado..., vê, também, caírem seus fios de cabelo sobre as páginas (já os via à frente dos óculos, como alertara a vendedora). Fios de cabelo em queda são a visão da energia se perdendo, a visão da derrota na disputa com o medo (caem também sobre a mesa, nos almoços familiares); são a visão da força se indo, de uma teia-de-memória que se parte e não pode mais reter imagens ou palavras.

A cidade, como teia, irá se partir?

Capítulo 47
Dos Pêlos que Seguram a Vida

Entre os profetas de antigamente, e entre os justos, e entre os servos do bom Deus, perder os fios de cabelo ou cortá-los era sinal de corrupção, pois o cabelo segura a essência da vida. Um cão cujo pêlo permanece intacto, vive mais tempo e é mais inteligente do que outro cujo pêlo foi raspado. E caso se queira raspar o pêlo dos gatos, de cada dez casos, nove morrerão...

Capítulo 48
Da Injusta Imputação de Onanismo

O menino ensaia as faces dos pais e dos irmãos diante do espelho, nas horas em que tenta contornar (e contorcer) as dores. Assim, ele gasta mais tempo do que o devido às necessidades comuns, nas ocasiões em que se visita o w.c. Os pais, naturalmente, imaginam-no um masturbador. Agora, tem de deixar a porta sempre aberta, expor sem pudor as suas vergonhas, como se habitasse o Éden num tempo antes de serpentes, e frutas, e gosto de pecado.

Quando o vêem ao espelho, os pais o tomam por inse(nsa)to, julgam precárias e grotescas todas aquelas caras, caretas e, assim, o repreendem.

Capítulo 49
Do Comparecimento e Mudança de Onan

Muitos mensageiros trouxeram Onan do reino dos mortos, de um dos lugares mais escuros do Hades (talvez até mesmo do Tártaro), visivelmente amadurecido pelas constantes recriminações. Exibia o produto de anos de padecimento, e cabelos de prata a emoldurar-lhe a sobriedade adquirida. Parecia preocupado com suas feições, mirando-se, constantemente, no espelho que Salomé lhe emprestara, ensaiando uma quantidade de expressões dignas. Assombrou a todos os heróis com sua aparência e mudança. E Cibele anunciou ser ele o escolhido entre os bíblicos; ele, o banido, o conspurcado, porque gostava de espelhos, gostava de sonhos, e os entendia bem, e nisso era especialista, como o profeta Daniel.

Capítulo 50
Das Doenças Fatais e Atos de Renúncia

Esse é um período de doenças fatais, na cidade. Um grupo de mulheres, bonitas e muito maquiadas, tatuadas, cercou o pai do garoto um dia desses, no escuro. Antes ele gostava delas, até fizera um monte de filhos com elas (e os irmãos do garoto já eram legião), mas agora sentia-se importunado. Sua vista treinada viu, sob a maquiagem, manchas, sinais inequívocos de doença. Decidiu-se a urinar no meio da rua, valorosamente (enquanto urinasse, elas não pretenderiam realizar o ato). Num exercício de coragem e esforço, urinou vários minutos, trinta e três, o que bastou para dispersá-las, todas. E o lago que se formou pelo seu ato-de-vontade, em meio à cidade, foi chamado "Lago da Renúncia".

Capítulo 51
Das Doenças Inventadas e Canceladas

Outro alarde fez o pai do menino quando este lhe mostrou umas erupções no braço, e lhe solicitou que fosse ao médico. (O pai ficou transtornado, teve vontade de urinar de novo, mas não o fez.) Suspendeu a viagem de férias da família, ligou aos avós do menino responsabilizando-o pelo ato do cancelamento (novo ato-de-renúncia), acusou-o de inventar doenças e mandou-o dormir cedo durante as férias, já que estava tão doente.

Capítulo 52
Do Reino dos Mansos

As mulheres que não querem ter filhos, quando se vêem grávidas, parem-nos muito cedo (quereriam mesmo ter filhotes pequenos). Quando são devotas (o que é freqüente), dão às crianças nomes de santos, num misto de zelo pelo futuro deles e arrependimento pelo próprio passado. E assim, têm chegado à cidade muitos santos e santas nascidos de cinco ou seis meses.

É bem mais comum entre as mães não devotas, que as crianças nasçam no tempo certo. Entre os nascidos fortes, quase não há santos, ou mesmo batizados.

Rezam as devotas, para seu conforto, que o reino dos céus é dos mansos e prematuros.

Capítulo 53
Da Chegada de Onan

Quando chega à cidade, Onan nem sabe bem ao certo o que lhe compete fazer. Talvez medir ou redigir (os deuses fazem surpresas aos seus profetas), arquitetar imagens ou cláusulas. Ele está bem aparentado, bem vestido, os deuses cuidaram disso. Tudo sugere a dignidade de sua próxima função. Ele parece um mestre-de-letras, um erudito, um sábio. Não lhe é difícil alugar um apartamento (e se buscasse, teria um emprego em qualquer escola respeitável).

Nessa época do ano, escolhida pelos deuses, venta e faz frio. A veneziana do apartamento não para de bater, leve, descompassada, sem ritmo regular, de modo irritante, porque de um modo sem previsão... Como poderia Onan-pensador redigir assim, medir, pensar, impor um ritmo ao seu modo--de-pensar? Não poderia fechar os vidros das janelas, porque era alérgico ao seu próprio ar (aos ares já vencidos, aos modos-de-pensar antigos), precisava renovar-se (como as muitas caras no espelho), criar correntes onde estivesse, correntes-de-ar, correntes-de-alfabetos e modos-de-pensar.

Onan-pensador buscava explanar um saber único, espraiar-se no mundo como um sopro, sopro divino (e não podia fechar vidro algum); tinha que alcançar as palavras certas, as mais certas; tinha que alcançar o desígnio dos deuses, os mais certos, não havia por onde se poupar. Mas tinha seu ato-de--medir e sua calma, ambos, sacudidos pelas mesmas correntes que o embalavam, pelo vento que vinha de fora, e pelo barulho da veneziana...

Fazia frio, e o pensador-Onan mexia-se na cadeira, meneava a cabeça, alisava as mãos..., e com elas massageava o pescoço. Lembrou-se da masturbação, ato desde há muito proscrito, ato repudiado. E balançava..., gostosamente.

As crianças, lá fora, no pátio, gritam... Discutem, brincam histéricas, aquecem-se do frio pelos movimentos (e não são os masturbatórios). O pensador se ri delas para aquecer-se (ri histericamente e brinca, seus traços vão se deformando). Em seus fluxos ideativos, irrompe um evento intruso (os dentes em sua boca estão moles, de tanto ele rir), e o pensador se imagina descendo ao pátio e agredindo as crianças, uma a uma, da menor à maiorzinha. O pensador Onan ri mais, parece nadar. Imerso nesse novo fluxo(-de-riso), ele parece ter-se esquecido do frio; larga umas letras (as testemunhas de suas tentativas de pensar), põe outras de lado...; ele parece sentir que medir-e-pausar, agora, são gestos polidos demais...

Onan se levanta. Tira a camisa, expõe-se ainda mais às correntes, vai ao banheiro e abre as janelas (é..., ele não tem mais frio...), sorve o ar-de-fora e os risos-de-crianças em grandes goles, com força... (ele parece também ter perdido já os dentes...; são seus traços-de-pensador que parecem, agora, prestes a cair, seus gestos pausados e suas medidas). Ele parece, por fim, bater em todas as crianças do mundo, enquanto se aproxima do gozo...

Ele se esquece da camisa no chão do banheiro..., sua vista se turva e ele tem de firmá-la. O som da veneziana já até lhe parece compassado, rítmico, previsível como seus movimentos... (e ele deixa quase todos os dentes ali, ao lado da camisa). Suas mãos acostumadas compassam, concatenam impulsos e risos de crianças, brincam... e ele (seus traços-de-pensador já caídos) cai em seguida, vencido (a um seu modo-de--pensar antigo).

Sai dali com mais frio, recolhe a camisa, põe-na de volta sobre o peito (um ou outro dente quieto à boca), o olhar cansado e a esperança de poder rearticular traços. Seus ouvidos estão expostos, de novo, ao velho e irritante barulho da veneziana, e ele tenta achar letras e papéis sob as mãos, retomar fluxos, reacender palavras às mesmas tomadas. Mas não pode. Precisará de um tempo, dias talvez. Consumiu suas energias. Terá de tomar chá para repô-las. Ou então os deuses estiveram lhe dizendo que aquilo não é para ele, aquele ofício de pensar. Não era essa a sua missão. Os deuses têm modos veementes de dizer as coisas. Fizeram Onan (re-)cair exausto, para instruí-lo. E ele se apega àquela mensagem, àquela recaída, por fidelidade aos sinais divinos. As crianças..., as crianças! Os deuses lhe mostraram que sua missão, fosse qual fosse, estaria ligada às crianças.

– Quereis que eu seja engenheiro, construtor de escolas?

Não, Onan, porque a cidade já quase tomba, e é chegada sua hora de passear entre os escombros... (ele agora ouvia os deuses falarem de dentro dele..., já não ouvia nem veneziana, nem sopro de vento algum, nem sua própria voz).

– Quereis, então, que eu seja um agente de demolição?

Não, Onan, pois não porás a mão em nada (tristíssimo vaticínio!) *que não seja nosso* (ora, porá a mão em coisa divina, o que torna o fato bem menos triste).

– Quereis, então,...?

Capítulo 54
Da Missão de Onan

– Quereis, então...?

Onan, queremos de ti, apenas..., que repitas o que somos... E desde então, Onan passou a fazer eco às vozes que nele ecoavam.

Estando na rua, vagando pelo tumulto ou pelo ermo, quis encontrar alguém digno de lhe segurar a pena, e que pudesse registrar suas palavras que já se confundiam com as dos deuses. Mas, não encontrando ninguém, teve de usar o próprio punho.

Agora, pois, ouve tudo com capricho, para que seja gravado sobre uma prancha pela tua própria mão, e faça constar com cuidado [tudo] *num livro, para que seja, no futuro, um testemunho eterno...*

Capítulo 55
Do Dilúvio que Cobre o Tempo

E o profeta ia percebendo as coisas assim como flagrantes em um jornal, como *flashes* ou imagens se formando na água escura... Ele via a vida transcorrer assim, como um filme B numa moldura redonda, sua xícara de chá... E além de um filme, era como se ele ouvisse coisas, grilos, velhas histórias, os mortos cantando ao telefone...

Sempre diziam que havia um dia para os mortos, um dia por ano, um dia para cada coisa, forma esquisita de se marcar o tempo. Diziam que havia um dia para lágrimas, um dia para o luto, um dia para cada comemoração. Ouvindo vozes, as mãos tremendo, o mundo quase transbordando da xícara, o profeta se lembrou de um sonho. O mar cobria os túmulos, e a água silenciava todas as comemorações.

Capítulo 56
Da Antiga e Novíssima Cerimônia do Chá

A xícara... Tantas noções brincando na borda circular de um mundo, e o profeta nunca escorregou... Ele tem uma xícara só e parece que tem tanto..., cada pessoa..., cada trágica pessoa da rua. Cansou de folhear agendas, davam-lhe a impressão de viagens cansativas, longas viagens, longas e cansativas viagens... Davam-lhe a impressão, mas tudo continuava cantando da mesma forma. Viu brancas geleiras, feiras de camelos, consulados, barcos, bois..., seu rosto folheava agendas e pensava passcar o mundo. Um rosto pensa e, às vezes, decide por cores demais num filme barato, e elas se amontoam, se atrapalham, se inutilizam pelo excesso... Um rosto fala muito e se depara perto de descobrir a palavra que sempre repetiu. E as frases se repetem sempre. Nem se sabe por que, mas elas voltam. Voltam e o rosto parece retroceder, passos parecem retroceder, os dedos parecem folhear jornais antigos e parece que as mãos devolvem, sempre, o velho chá para a mesma xícara que já bebemos... E o jeito (profético) de falar é o mesmo, o jeito do sonho, o jeito do pesadelo, enquanto os mortos seguem cantando seu sopro, capaz de arrancar as árvores e tirar lascas de nossos rostos...

Parte II

Concertino

*Onde se encontram cantos nupciais,
fúnebres e proféticos.*

Capítulo 57
Do Mau Hálito

Onan foi designado a ser o porta-voz da nova mensagem dos deuses. Mas da mesma forma que uma (nova) bebida adquire algo do aroma e do sabor da (velha) que restou no fundo do pote, onde se a pôs, desta mesma forma, o que saiu da boca de Onan saiu com o cheiro da palavra do Deus de Israel que o condenou. E ele falou ao modo dos profetas bíblicos...

Capítulo 58
Da Queda das Folhas

...Como se tornou indigna a cidade? Outrora habitou nela a justiça, mas agora habitam os homicidas. Sua prata converteu-se em escória; o seu vinho misturou-se com água. Os seus príncipes são infiéis, companheiros de ladrões; todos eles amam as dádivas, andam atrás das dádivas.

Mas quando a mão dos deuses desabar sobre ela, essa cidade ímpia se envergonhará dos jardins que tinha escolhido; e ela se parecerá a um carvalho do qual caem as folhas, e será como uma horta sem água. E sua fortaleza será como uma mecha de estopa, e as suas obras como uma faísca; uma e outra se queimarão ao mesmo tempo e não haverá quem as apague. E depois de tê-la depurado, nós, deuses, restabeleceremos a justiça...; e os juízos serão mais puros..., e será chamada a cidade do justo.

Eis que os deuses estão para tirar da cidade o homem valente e o forte, depois de esgotar-lhes todo o recurso do pão e todo o recurso da água. E sairão [da cidade] o homem forte e guerreiro, o juiz, o doutor, o adivinho; o técnico, o capitão de cinqüenta homens, o varão de aspecto venerando, o conselheiro, o perito entre os arquitetos e o conhecedor das palavras místicas. E estes mesmos deuses lhe darão meninos para príncipes.

Capítulo 59
Sobre as Belas Cerimônias de Consagração

A irmã, coitada, não a deixam sair, e agora arrumou um marido, um desses que a descobriu em casa. Passou a morar com ele num dos quartos mais escuros do apartamento. Foi muito bela a cerimônia de consagração. Quando os dois fecharam a porta do quarto pela primeira vez, os parentes e os convidados ocuparam todo o restante da casa, cantando canções quase litúrgicas que celebravam as maravilhas do casamento, e assinalavam que o noivo poderia, agora, possuí-la... Apurando, com os ouvidos, como andava o tesão da irmã (ouvindo-a suspirar, cuspir, cantar em falsete), o menino compreendeu sua hilaridade e seu transtorno...

Capítulo 60
Do Humor que se Quebra como um Vaso

Passados alguns dias de festa e estrépito, de estranhos ruídos, a irmã foi retirada do quarto sem vida... Antes de morrer, teve sucessivos ataques epilépticos durante os coitos... Seu marido a tivera como um cavalo, virara-lhe pelo avesso e de todos os modos, fodera-lhe com gosto e abuso, tão magrinha. No velório cantou-se outra canção mais mansa, que dizia que "o fervor do rapaz era demasiado para o vaso frágil, que quebrou-se..."

Capítulo 61
Da Oração ao Modo dos Fariseus

Depois de observar de cada coisa o suficiente, Onan não teve dificuldade de achar as palavras certas, as mais certas, sua oração exata. E foi feita ao modo dos fariseus, modo elegante.

"Enquanto bebo o meu chá, os sonhos se desprendem e se multiplicam; enquanto sigo meu caminho, outros religiosos caçam e chantageiam meus discípulos; enquanto esculpo estátuas com as mãos, para adorar, outros planejam saquear e demolir minha casa;

percorro quilômetros num dia, e os trens continuam a matar crianças;

reverencio mesmo as árvores que já se curvaram, e os outros zombam dos corcundas e cospem nos anões...;

durmo em paz, e sei que amanhã meu melhor amigo roubará minha mulher...; e que assim seja."

Capítulo 62
Do Rei que Precisa de Companhia

Colocaram uma gravura de Cristo no quarto do menino, e disseram-lhe: "vêde, é o rei coroado...; façais todo ato em nome dele, por amor a ele". O menino olhava-o e sentia que ele verdadeiramente precisava de ajuda, o rei de olhos fundos e machucados.

Saiu a colher uma rainha para o aquário, furtar uma flor feliz para colocá-la no quarto, num átrio ou jarro de plástico, no mundo aquático, transparente... deixar o rei contente.

"O que come...?"
"Amêndoas."
"Quero experimentar."
"Uma...?"
"Quero amá-la..."
"Ah..."
"Saber que gosto tem...; teu nome...?"
"Amanda."
Enquanto conhecia seus dons e seus contornos, orava:
"Mando Amanda ao Mundo a Mando do
Rei;
"Mando Amanda ao Mundo amando-a,
Amém."
Rezava com fervor. E ao chegar ao quarto, ela já estava no piso superior do aquário, olhando Jesus serena, pronta e coroada.

Capítulo 63

Dos Desmaios de Pescadores e Olhos Cobertos de Teias

O mar secará, bem como os lagos secarão e o rio tornar-se-á seco e árido. As ribeiras se esgotarão, os fios d'água [que vão] por entre diques diminuirão e secarão. As canas e os juncos murcharão. O leito dos regatos ficará seco desde a sua origem e toda sementeira de regadio secará, ir-se-á murchando e não vingará. Ficarão desolados os pescadores, chorarão todos os que lançam anzol ao rio, e desmaiarão os que estenderem redes sobre a superfície das águas.

Ficarão confundidos os que trabalhavam em linho, frisando e tecendo teias delicadas. E também verão teias aqueles que não frisam, confusas que estarão as [suas] vistas. Ficarão as terras de regadio fracas, fracas as vistas; e todos os que faziam lagoas para apanhar peixes serão confundidos.

Capítulo 64
Da Debandada dos Peixes
(ou "Onde Andará Jonas?")

Os que vivem à beira dos igarapés e riachos quase não vêem chegar peixes (parece que também os peixes têm parido menos), e dos que vêm a maioria chega sem vida, sem ar nas guelras. Nos riachos sem fundura a água se sujou mais depressa com o progresso e a felicidade urbana, e só no bem fundo e no bem longe subsiste a esperança de se buscar a salvação e o refúgio no ventre de alguma baleia.

Capítulo 65
Sobre Presentes que Escorregam das Mãos

As devotas sempre gostaram de anéis. Mas anéis não param mais nos dedos. Sobretudo aqueles tornados alianças, signos-de-afeto, símbolos de união. Podem ser de ouro ou prata, do que for, os dedos incham...; em muitos (dedos) os anéis nem chegam a entrar, de outros têm de ser arrancados antes que já não possam mais sair. E saem quentes, como metal em cinza morna. As mulheres põem-nos nos rostos, depois de desprendê-los das mãos, e o fazem como que a cobrir os rostos com cinza-de-suplício, com devoção, com metal fundente... Presentes calorosos que não cabem mais em dedo algum.

Capítulo 66
Da Perda dos Fetiches e outras Perdas
(ou "da Surrupiação dos Deuses")

Os poderosos calcam aos pés o nosso povo, e moem às pancadas os rostos dos pobres. Os ricos se elevaram, e já andam com o pescoço emproado, fazendo acenos com os olhos, gestos com as mãos, ruído com os pés, e já caminham com passo afetado.

Mas nos dias de purificação os deuses tirarão a todos os adornos dos calçados, os colares, as gargantilhas, as coroas e os diademas, os braceletes, as garavinas, as ligas dos pés, as cadeias de ouro, os bronzes, as tiaras; e perderão [os homens] *as caixas de perfume, os anéis, pingentes de pedras preciosas, e só haverá um que possua os brincos. E esse, ainda, o ressuscitaremos dos mortos. Mas aos demais tiraremos os vestidos de festa, os mantos, as gazas, os ricos alfinetes, os espelhos, os lenços delicados, os listões e as roupas de verão.*

Capítulo 67

De Quando se Deita a Cabeça sobre um Ombro que se Ama

Óculos são instrumentos muito precisos. Há óculos para perto, para longe e para média distância, tudo isso em graus muito exatos. São também postos diante do rosto como enfeites, como jóias, colares ou dentes de ouro. Magníficos. Mas esta jóia se deforma quando se deita a cabeça sobre um ombro que se ama, entorta quando se procede assim, é jóia que se ajusta com dificuldade sobre o nariz e as orelhas.

Capítulo 68

Das Deformações e seus Consertos

Mas há conserto para as deformações. Para as grandes, não para as pequenas (a cidade continua a desconhecer toda sutileza). A haste muito torta é rapidamente detectada, e os técnicos recebem-na nas oficinas com exata reprovação. Consertam tudo o que está visivelmente torto, desaforadamente torto, pornograficamente torto. Mas com o conserto dessa haste, e com essa posta na orelha, o conjunto desapruma-se, a outra já não se apóia no seu local designado. Mas os técnicos não prevêem desaprumos-em-cadeia, seus olhos não são pagos para identificar as oscilações mais leves. Aquele que teve seu reformado adorno devolvido ao rosto, se volta de novo a eles, para que o façam ocupar seu posto exato, nariz e as duas orelhas, mas eles não compreendem as finas questões de prumo, e acabam por pedir ao solicitante que entorte a cara, que olhe de lado, ou que use lentes.

Capítulo 69
Da Mecânica dos Consertos

Mas há homens que já descobriram a mecânica dos consertos. Pegam os óculos e se esmeram por entortá-los inteirinhos, meticulosamente, por igual, para poderem ter a esperança de vê-los reajustados à teimosa anatomia de seus rostos, que não consegue acompanhar a dança dos desaprumos sucessivos regida pelas mãos e pela lógica dos técnicos.

Capítulo 70
A Respeito dos Alvos e da Possibilidade de Acertá-los

Quando um homem se habitua a empilhar conceitos ou tijolos, desenvolve uma síndrome. Quer ordem bem estruturada, bem alicerçada, quer novos edifícios em novos lugares, quietinhos; e acaba por querer atirar em tudo que se move, especialmente no que é vivo. Atira as pedras que ainda não foram aproveitadas em novas paredes, atira-as nos transeuntes. Atira nos cachorrinhos, nos lépidos e nos curiosos, promessas de progresso e insultos aos seus filhos. Alvos móveis, enfim. Se moram em modernos condomínios, atiram pedras nos que nadam nas piscinas, dos andares mais altos... Querem os corpos quietos, pareados, empilhados, que seus filhos abaixem a cabeça quando falam, que não movam os olhos, que não se lancem a jogos ou procedimentos que demandem mímica, expressividade, suor. Obrigam os menores a fitarem uma tomada, no ângulo reto entre duas paredes. E quando se atrevem a exprimir curiosidade com o corpo ou com as mãos, eles mesmos se punem, com choques formidáveis.

Alguns homens mais velhos, também atiram em alvos fixos: mulheres imóveis tomando sol, vitrines, baleias que bóiam, suaves, no mar..., crianças que dormem quase sem ruído. Batem em seus filhos depois de os terem posto imóveis, olhando um ângulo reto ou um muro, ou paralisados por argumentações desencontradas e críticas que sabem apresentar. Isso porque é mais fácil acertar o que está parado, e sua pontaria já não é a mesma.

Capítulo 71
Dos Fenômenos de Poltergeist

Os que crescem habituados a serem alvejados, também desenvolvem a sua síndrome. Olham para os céus, procurando raios (desconfiam do temperamento de Indra e de Zeus), e imaginam que pássaros os detestam, que pombos sempre elegerão suas cabeças..., que nuvens se crispam porque estão embaixo... Se folhas lhes vêm ao rosto, poderiam ser dardos; sonham com serras elétricas e furadeiras buscando seus tímpanos e seus olhos, cacos e alfinetes arrojando-se espontaneamente contra seus nervos, fenômenos de poltergeist. Se os leves gravetos das árvores, no outono, lhes vêm ao peito, pensam que poderiam ter-lhes acertado os tendões (às vezes, querem ser Aquiles), poderiam ter-lhes tirado a visão ou os levado aos infernos, certeiros tiros no coração. Apegam-se a promessas de ressurreição, querem ser Balder ou outro deus renascido.

Capítulo 72
Do Sacrifício do Sol

Após cada noite (como que vindo do reino de Nergal, de Hel ou de Hades), levanta-se o sol, senhor da face resplandecente e testemunha dos homens, levanta-se da noite após tê-la habitado. Depois de a tudo contemplar, anuncia um outro mergulho e tinge o céu com uma fina faixa de seu sangue, mancha crepuscular. E, então, é como Balder morrendo. Depois, retornará aos que dele necessitam, retornará aos seus adoradores, como sempre o faz; retornará como Tammuz ou Ausonius; como Dioniso; como Krishna, Osíris, ou como Cristo; retornará como Adonis ou como Atys.

Capítulo 73
Do Jogo Urbano de Empilhar Pedras

Ai de vós, ambiciosos, que ajuntais casa com casa, e vos empilhais uns sobre outros, e acrescentais campo a campo, até chegar ao fim de todo o terreno! Porventura haveis de habitar sós no meio da terra?

Capítulo 74
Da Falta de Canções para um Desconhecido

Depois de passado certo tempo da morte da irmã, é o irmão magérrimo, o do meio, o encurralado, que passa a ter ataques epilépticos em seu quarto. Seu mal é grande, assombroso, como se estivesse perseguido pelos ventos cardeais e colaterais, sofrendo as monções gélidas do inverno, sentindo as dores da irmã e de todos. Acabou por cair exausto. E encontraram seu corpo plácido sobre a cama.

Para os funerais, não havia canções que se aplicassem a ele, pois estavam todos tão aturdidos com aquela placidez e expressão novas, e tão impressionados com os recentes ataques, que julgaram precisar de muito tempo para conhecê-lo melhor, antes de cantar. Foi enterrado no décimo quinto dia, em silêncio.

Capítulo 75
Do Fruto Bom

Dizei ao justo, Onan, que ele será bem-sucedido, pois comerá o fruto das suas obras, e comerá do fruto da Árvore da Vida.

Capítulo 76
Das Vendas e Mordaças

Depois da morte dos dois irmãos, de forma semelhante e em seus próprios quartos, o doutor decidiu-se a mudar de apartamento. "Não me olhe com esse olhar de queixa", passou ele a dizer, com freqüência, à sua mulher. "Não precisa me falar com esse tom, com lágrimas na voz", continuou a pedir. O menino teria de transladar seu aquário, assim como fazia passear personagens dentro dele. O pai se impacientava em grau crescente, e já não queria palavra, nem mesmo à mesa, onde costumava dizer coisas. "Não me olhe com esse tom de queixa, esse mesmo tom, eu já lhe disse", ou até mesmo uma pergunta "Por que esse ar de desafio nos olhos?" Ele já não queria olhos também. Não podia encontrar lugar algum onde pudesse repousar, entre a queixa e o desafio.

Capítulo 77

Da Predileção das Traças pelos Mortos

Por ocasião da mudança de apartamento, a capa de vidro do retrato de família se partiu. Foi exposto mesmo assim, só com a moldura da madeira, na mesa de canto da nova sala. O garoto se encarregou de levar seu aquário, ele mesmo, a pé. Ninguém entendia essa excentricidade. Mas é que, às vezes, as coisas se partem quando viajam sós. O curioso é que, sem a proteção do vidro, insetos e traças roeram os dois que haviam se ido, irmã e irmão.

Capítulo 78

Do Assobio que Chama as Moscas

Sucederá naquele dia que os deuses assobiarão à mosca que está no extremo dos rios e à abelha que está na terra longínqua. Elas virão e pousarão todas nas torrentes dos vales, nas cavernas dos rochedos, sobre tudo o que cintilar, e em todos os cantos, e em todos os buracos. Apenas o terreno preparado pelas nossas mãos não terá cardos, nem terá espinhos, e estará bem arado e limpo, e receberá àqueles que escolhermos, e servirá de pasto aos bois.

Capítulo 79
Do Mecenato e da Vertigem

O menino parece ainda mais perdido no novo ambiente. Só faz brincar com o aquário, calado, e procurar formigas em frestas. É um transtorno para todos, que querem que ele tenha uma profissão. Que se especialize em engenharia-de-aquários, que seja. Para isso, o pai o envia a Dakar, centro especializado. O menino embarca pensando ir a algum lugar bonito (Dakar parece o nome de um bordel todo enfeitado), mas o avião desembarca e sessenta negros altos se aproximam para tirar a bagagem, como formigas, falando dialeto. O menino tem vertigem, pensa que chegou seu dia de ser roído, pensa nos insetos nas frestas, desmaia no banco do avião... Todas as formigas o cercam e o acodem. E ele é mandado de volta à cidade, para ver um médico. E sua promissora carreira se encerra assim.

Capítulo 80

Da Semelhança entre Meninos e *Poodles*

"Esse menino é muito frágil, parece até um poodle..." O médico que o atende tem um, e chama-o *strong one*, *brave one*, talvez para acordá-lo para a força, e lhe dá roupas, veste-o muito bem, senta-o à mesa na hora de comer com a família. É um psiquiatra respeitado. Não quer que o *poodle* saiba que não é gente, não tem nenhum espelho em casa..., e não o deixa sair para que não encontre, eventualmente, algum outro cachorro. E lata. Ou cruze com uma cadela. O médico sugere ao pai que o menino não veja crianças, e que só fique no meio de adultos, para amadurecer. E que dedetizem a casa, só para garantir.

Capítulo 81

Do Canto da Harpa sobre o Ladrilho Pisado

A alegria e o regozijo desaparecerão dos campos, e nas vinhas ninguém exultará, nem mostrará júbilo. Não mais pisarão insetos os que tinham costume de pisá-los: fizemos calar a voz dos pisadores. Por isso, nosso coração canta acerca da ruína da cidade como uma harpa, e as nossas entranhas exultam acerca da muralha de ladrilho cozido [que cairá]. *E acontecerá que os filhos desta cidade, depois de se terem cansado de recorrer aos inseticidas e aos lugares altos, entrarão nos sanitários e nas* covas *para fugirem das picadas.*

Esta é a palavra dos deuses pronunciada sobre esta cidade desde há muito tempo. E agora, eis que voltamos a di-

zer: *em breves dias, como* [se fossem] *os dias de um mercenário, será tirada a glória desta cidade com todo o seu numeroso povo, e aquele que ficar no centro de alguns poucos será pequeno e diminuto, e de nenhum modo grande.*

Capítulo 82
Da Escada de Duas Mãos

A ruína terá de ser grande, porque [se não fosse] *diriam os poderosos cheios de soberba: os ladrilhos caíram, mas nós edificaremos com pedras de silharia: cortaram os sicômoros, mas nós poremos cedros em seu lugar. Mas não é assim, pois só nós cortamos as árvores e decidimos qual poremos no lugar daquelas que cortamos.*

Por isso é que a habitação dos mortos alargará o seu seio e, desmesuradamente, abrirá a sua boca; e descerão a ela os heróis desta cidade, e os homens ilustres e abastados e chamados gloriosos, e serão pequenos nessa descida...; e daquela habitação subirão aqueles outros que não conheceis ainda, revestidos de uma dignidade que crescerá aos vossos olhos... E o caminho que leva à mansão dos mortos parecerá uma escada de duas vias.

Parte III

DIONISÍACAS

*Onde são imitados cantos e posturas de
animais, multiplicadas as visões e proposta
uma equação sagrada de três termos.*

Capítulo 83
Da Contemplação das Obras de Arte

Para que não pense só em frestas e formigas, deixaram o menino folhear catálogos. E ele descobriu, além do quadro de Poussin, as obras de Guido Reni. Viu Baco adolescente, e o São Sebastião flechado. O mesmo quadro que fez Mishima tremer de gozo, tremer por aquele corpo martirizado. Aquela visão despertou no menino o desejo de ver a árvore inteira. Aí, então, ele buscou outras visões do santo. Viu a de Guignard, viu a de Messina, todas incompletas. E o desejo de ter a árvore inteira ia se expandindo nele e ocupando-o.

Capítulo 84
Do Zelo Santo em Defender-nos do Escuro

Parece que o Santo, depois de ter sido denunciado ao filho do Imperador Caro, amarrado e flechado a uma árvore, foi socorrido por uma mulher e recuperou-se. Mas, de novo prisioneiro, sofreu o mesmo flagelo, dessa vez levando-o à sepultura. E, do escuro onde foi posto, tem defendido a muitos.

Capítulo 85
Dos Sinais e Inovações Divinos

A árvore será o estandarte para servir de sinal aos que estão longe, e para chamá-los desde os confins, novos habitantes. E acorrerão com uma velocidade prodigiosa. E, dos que vierem, não haverá quem sinta cansaço ou fadiga; não dormitarão, nem dormirão; ninguém desatará o cinto dos seus rins, nem desatará a correia dos seus calçados. E haverá sinais dados com setas agudas, e todos os arcos [dos que chegarem] *estarão entesados. E os cavalos imprimirão na terra as marcas de seus cascos com a rapidez de uma tempestade. E ouvir-se-á o rugido do leão,* [pois que] *todos estarão rugindo, e rugirão como leõezinhos. E soará sobre a cidade, naquele dia, um bramido, como se o mar a cobrisse. E será assim como se um mar existisse, mas não haverá água, porque esse batismo já o demos uma vez* [por ocasião do dilúvio]*, e não convém que o repitamos. Para que não digam as gentes que os deuses obram sempre do mesmo modo.*

Capítulo 86
Das Infantis Iniciativas das Gerações mais Velhas

Quando há rebelião em família, hoje, estranhamente, são os avós os primeiros a fugir de casa. Quando os pais acordam, as crianças já estão à porta da rua, procurando, chamando. E se põem todas nas calçadas, como seus avós faziam para jogar biriba. Seus pais põem-nas pra dentro, chega de fugas. Ficam imaginando eles o lugar da cidade onde poderiam morar seus pais, velhos, aposentados, e saem a visitar todas as pontes. As crianças gostam do passeio e guardam, secretamente, a certeza de que seus avós não estão em parte-ponte alguma. Mas como isso obriga todos a saírem um pouco de casa, é bom.

Nos dias de greve, essas crianças irão torcer pelos avós que estarão jogando bocha nos metrôs abandonados. É seguro, porque os adultos sérios, nesses dias, ficam em casa, reclamando dos sindicatos.

Capítulo 87
Da Valentia Espremida e Questionada

As gerações desvalidas, às quais já faltam as forças, nesses dias terão de procurar abrigo fora de suas casas; e buscar o apoio uns nos outros, e habitarão o ermo e onde moram as toupeiras, e outros [seres] *que igualmente vêem no escuro...*

Oh dias de dor, quando os justos e velhos terão de pedir agasalho à terra, faltando-lhe os pais [já mortos] *e os filhos* [já endurecidos]. *Então os mais velhos se unirão aos menores, os ingênuos se aliarão aos alquebrados, e a pujança da geração dos valentes será questionada, porque ficou espremida entre os fracos, e sua força se abalou, e em toda parte se achará quem dela duvide.*

E no dia da nova fundação, oh dias de dor, aqueles que marcaram encontros no subterrâneo verão a luz do dia, e também o inverso se dará: o que quis ocupar a torre, será posto sob a terra.

Capítulo 88
Da Arte de Empinar Pipas

As crianças que fogem de casa, passeiam sozinhas à noite. Quando vêem a lua, devolvem-lhe um olhar prateado. E seus passos silenciosos cobrem o chão como lendas, e são como o passeio da lua que não quer acordar as casas. E suas peles vão se tornando brancas, lunares, calmas com(o) o tempo. De dia, se escondem em grutas afastadas, terrenos em obras, onde constroem pipas para soltar na próxima noite. Brincadeira silenciosa com o vento, imitando os sons das folhas das árvores que ficaram longe, em outro tempo.

Capítulo 89
Da Poda das Árvores e do Surgimento das Bestas

Os homens têm feito queimadas, e cada vez mais, para ocupar todo o solo. Antes disso, eles cortam galhos, desbastam das árvores os ramos excessivos, tiram-lhes a riqueza que encontram. E as árvores, despojadas de seus bens, saqueadas e mutiladas, exibem suas amputações como queixas, como semblantes contrariados. E do ramo lateral que se cortou a uma delas, surge a imagem do focinho de uma besta.

Capítulo 90
Da Pedra-de-tropeço ou Planta no Meio do Caminho

De vez em quando, se acha alguma árvore ou planta no meio do caminho, que se torna motivo e lugar de espanto, confusão e assombro, como o foi a macieira no Éden.

Meninos encontraram o butiá, e com eles fizeram saboroso licor-de-efeito-imediato. Passaram a mirar as muitas esferas do mundo, e em suas mirações viam anjos e deuses exaltados trajados como índios, que repetiam um hino como se fosse um ponto de candomblé:

*"Tome manacá, menino/, tome manacá, que é bom/;
tome manacá que é chegado/ o dia do cão e do búfalo/,
do veado e do pavão/."*

Capítulo 91
Da Conciliação dos Inconciliáveis

Esses meninos que miram desenvolvem conceituações absurdas, procuram conciliar as inconciliáveis noções do um e dos muitos, da unidade e da diferenciação, falam como loucos pré-científicos, falam como pré-socráticos ou pitonisas. Seus pais têm se preocupado intensamente e, procurando um modo de lhes falar, buscam os filósofos nos livros, Parmênides e Heráclito, notícias do ser e do devir, da Totalidade e do Tempo. Se pudessem, os pais falariam com deuses e demônios para salvar seus filhos, mas como não podem, pedem ajuda a esses.

Mas a busca não é simples, de forma alguma. Como possuem óculos para perto e para longe, os pais têm de trocá-los constantemente enquanto consultam estantes e páginas, o que os deixa agitados, parecendo drogados ou crianças. Quando usam seus óculos para perto acabam, desatentos, por se sentar naqueles que lhes serviriam para mais longe e, assim, Heráclito e Parmênides se perdem, não se vê contato entre eles, nem síntese, nem esperança, nem deus algum nem luz, nem filho de volta (esses fugitivos ingratos), só confusão, e trevas, e estilhaços.

Capítulo 92
Da Solidariedade Humana

Quando estão nas salas de espetáculo, escuras e cada vez mais cheias, os homens sentem, às vezes, um inseto roçar seu braço, suas mãos, tocar-lhes a nuca para depois sumir... Não sabem de onde veio e qual o seu nome. Nem mesmo sabem se ele voltará. Incomodam-se. Passam a imaginar que insetos passeiam sua pele, e até inventam outro-passeio-de-insetos dentro da pele. Levantam-se, inquietos, para fugir do inseto que pode vir de novo, bem como dos outros que, desde então, passaram a existir. Mas como não há muitos lugares vagos onde possam sentar-se, os homens acabam permutando os seus – e o fazem sem revelar um ao outro o segredo que os move. Dessa forma, desconhece cada um o inseto do outro, e nem imagina que o seu corpo busca um novo lugar e se senta para ser roído também.

Capítulo 93
Da Árvore(-Idéia) Fixa

Havia uma cena, nos catálogos, que muito impressionou o menino; e que, por certo, também impressionaria Mishima. Milon de Crotona, atleta e aristocrata pitagórico, fortíssimo (como gostava Mishima), sendo devorado por animais selvagens, por não ter conseguido desembaraçar-se de uma árvore que procurava arrancar. Leões feriam-lhe as coxas com as patas, e mordiam-lhe os punhos. Mishima teria gostado de ver os músculos, mas a árvore era o centro dos acontecimentos outra vez.

Capítulo 94
Da Pedra Angular

Eis que os deuses colocarão nos fundamentos da cidade um tronco, pedra escolhida, angular, preciosa, assentada em solidíssimo fundamento; aquele que quiser alcançá-lo, tronco-pedra, não se apresse... Pois aquele deus que chegar, estará fincado como estaca em lugar firme, e ele será como um tronco e um trono de glória para essa nova casa.

Capítulo 95
Da Canção de Vida e Morte

Aconteceu, há muito tempo. Na corte de Periandro, rei de Corinto, vivia Arion, o músico. E o rei o amava como a um favorito. Iria realizar-se, na Sicília, um grande concurso de música e canto, e Arion para lá se dirigiu, achando que a vida errante corresponderia melhor ao coração de um poeta. E foi grande o encanto que produziu com os sopros de sua lira e de sua voz, e grande o prêmio que lhe deram.

Na viagem de regresso à pátria, em um navio coríntio, os marinheiros quiseram apoderar-se de sua fortuna. E lhe ofereceram um jeito manso de morrer: que se atirasse ao mar (como se manso fossem os sussurros das águas), uma alternativa honrosa. Mas a alternativa honrosa era cantar, e Arion quis sua canção-de-morte antes de se atirar às águas. E ele fez com que dele se acercassem os golfinhos, e o conduziram a praia, e foi para ele uma canção de vida.

Capítulo 96
Do Canto Monocromático

E Onan, repetindo sempre a mesma oração, e vendo as coisas da mesma cor, perguntou aos deuses : "Até quando...?"

Ao que responderam eles: *Até que a cidade fique desolada, sem habitantes, as casas sem gente, os prédios vazios e a terra deserta. E nós lançaremos quase todos para longe, para que se encontrem com o ardor do fogo e a desolação, e multiplicar-se-ão os que perecerão nessa jornada. E serão dizimados. E verão que [toda a] sua grandeza não era diferente do descascar de um terebinto, era como um carvalho apodrecendo e perdendo os ramos, era como o arder da relva. E o coração deles, então, se agitará ao extremo, como são dobradas as árvores com o ímpeto dos ventos.*

Tudo acontecerá quando a cidade tiver suas pedras quebradas, quando tiver as pedras reduzidas a cinzas, e quando já não tiver templos, famílias. Porque a cidade forte será assolada, a formosa será despovoada e abandonada como um deserto; ali será apascentado o novilho.

E virá uma deusa ensiná-la com danças, porque não é [cidade de] *povo ajuizado. E acontecerá que, naquele dia, os deuses ferirão desde os lagos até o alto dos prédios. Virão os que tinham ficado perdidos nas sombras da terra, os que se achavam nela sepultados, e também os desterrados em sua própria casa; e adorarão a justiça no bosque santo, porque poremos um jardim no meio do deserto, e dançarão em torno do altar da justiça.*

Capítulo 97
Do Canto de Bruços

Ouvindo isso, o profeta dobrou sua cabeça sobre os joelhos e gemeu, molhando a terra:

"Por essa causa se encheram de dor as minhas entranhas, a angústia apoderou-se de mim, como a angústia duma mulher na hora do parto; fiquei atemorizado quando tal ouvi, fiquei todo perturbado quando o vi... E se pudésseis ver, como eu vi em visão, a cidade do alto dos céus, vista do lugar onde estão os deuses, perguntaríeis, como eu fiz: que é o que tu tens, pois toda a tua gente sobe aos telhados e deles cai, cidade tumultuosa e cheia de povo? Perguntaríeis, por certo, o que eu mesmo perguntei ao ver... E o meu coração desfaleceu, as trevas fizeram-me pasmar; e esta cidade tornou-se para mim motivo de assombro...

"Tenho estado no posto em que os deuses me colocaram, e nele permaneço todos os dias; e tenho vigiado noites inteiras... Eis que me chegou, então, uma notícia aos ouvidos, e eu tremi: *cairá, cairá a cidade, e todos os simulacros se farão em pedaços, arremessados contra a terra...*"

Capítulo 98
Da Procura por um Rosto Santo

O menino só faz, agora, olhar aquários, flechas em catálogos, árvores, corpos martirizados, insetos em frestas. E ainda faz caretas. Como não cuida do futuro, quiseram os pais dar-lhe batina e revisar suas caras para ver se, dentre as muitas que exercitava ante o espelho, haveria uma, ao menos, de ar contrito e sereno, e que pudesse soar assim como a santidade ou a sapiência. Não encontraram (só contorções e transtorno), e foi grande o desânimo.

Capítulo 99
Do Rosto da Primavera

Os adultos apresentam, na medida do correr do tempo, rostos que se amassam cada vez mais, más caras, a pele parece querer se desprender do esqueleto ou agarrar-se a ele. Os cabelos também se desprendem, como as folhas secas das árvores banidas, faça vento ou não, haja sol ou chuva. Aliás, vento, sol ou chuva lhes fazem mal ao cabelo.

Já as crianças, não deixam suas caras se amassarem ou se tornarem más, conferem-nas com as mãos, uma às caras das outras; deixam marcadas suas digitais impressões afetivas, apalpam-se e se reconhecem. E quando entregam seus cabelos aos carinhos de dedos ou ao vento, aí, então, é que eles ficam melhores, parecem mais vivos. E a exuberância mais viva (que é a vida mais exuberante) coincide com a chegada das flores.

Capítulo 100
Dos Versos Submersos

Se não há esperança para as contorções de um rosto, talvez haja para as dos olhos. O pai prepara uma armadilha.

Afinal, o menino precisa de uma profissão. Quer que ele, ao menos, se aperfeiçoe no que já sabe fazer, ver através de vidros. Pode ser mergulhador ou, talvez, comandante de um submarino.

Contratados do pai aprisionam o menino numa cabine telefônica, por meia hora. Cercam a cabine, simulam fila imensa, gritam porque ele não está usando o telefone. Um teste de coragem. Reclamam e batem com força no vidro, porque ele não fala com ninguém. Retiram-no e pensam-no estúpido e ocioso; menino que não sabe nem discar para pedir ajuda, não sabe se defender ou manter o sangue frio, não sabe improvisar uma ação eficiente. Não serve para ser comandante. Mas ele rimou todos os gestos e barulho atrás do vidro, concatenados como sílabas, em trinta e dois versos de cabeça. E sai feliz, por se julgar poeta.

Capítulo 101
Economia no Dizer e no Cantar, como Medida Profilática

O menino conheceu uma mulher que pintava e imprimia o seu rosto nas pedras, em cores escuras, aproveitando as naturais cores claras daquelas para fazer contraste. E ela o fazia com intensidade. "Não sou artista, não posso retocar meu rosto se não o fizer de uma vez; não posso corrigir o estrago da chuva se não permanecer completo, nem posso terminá-lo um outro dia. Só posso fazê-lo assim, de um só lance."

O menino, que já se achava poeta a partir de um improviso, repensou, apalpou seu rosto e seus versos. Mas ele escreve curto. Escreve o que dá para ser feito num fôlego, também não é artista e, como aquela que pinta seu rosto nas pedras, tem medo que suas sílabas se desbotem..., que se perca ele se elas forem muitas, ou que aconteça um acidente com alguma. Chuva. É mais difícil zelar por um número maior de sílabas ou de páginas, impedir que alguma seja seqüestrada ou se queime... Chuva ou fogo. É difícil zelar pela abundância.

O melhor instrumento é o sax, porque se assemelha ao grito humano, o que há de mais puro... Mas se o grito ultrapassar certa medida, pode estilhaçar vidros e cérebros.

Capítulo 102
Das Palavras Benditas Reunidas em Livro

Depois de ter estado ao chão, e de se levantar, clamou Onan, sem mais lágrima e sem gemido. "Buscai diligentemente no livro e nos fatos, e lêde [em ambos]; nada do que vos anuncio deixará de acontecer, nem uma só destas coisas faltará, porque o que sai da minha boca os deuses o mandaram, o que cai os deuses permitem que caia, e é o espírito desses mesmos deuses que juntou todas essas coisas de que vos falo."

Capítulo 103
Do Processo Cicular-infantil de Compor Livros

Mesmo sem ser poeta, o menino decide-se a escrever um livro. É sobre a morte. Seu procedimento é mágico-pitagórico, como quem faz um bolo redondo onde possam caber todas as velas, e ser servido a todas as noivas.

Do início ao meio, o menino faz o livro no modo tradicional, horário; então, pára. Retoma-o do meio para o fim, em sentido inverso, o que acaba resultando em tomá-lo do fim para o meio, e quando as páginas se encontram o texto está pronto.

Então, segura tudo, o bolo inteiro que já lhe chega fatiado, brinca de remodelar a feição do texto e o lugar-posição das fatias, e tem nas mãos algo circular e inteiro, onde qualquer ponto pode sinalizar início e fim de todos os demais.

Capítulo 104
Do Último Suspiro de um Peixe

Refletindo sobre vidas e mortes, o menino concluiu que, ao contrário de seus irmãos, o doutor seu pai não morreria tão cedo. Teria de se tornar catedrático primeiro, e isso leva tempo. Uma vez, então, alcançando esse posto, alugaria uma sala de trabalho, no mais alto espaço vago dos edifícios... Depois, convocaria uma reunião que pudesse presidir. Todos compareceriam, disso não se duvida. Mas o então catedrático não atenderia a porta. Gozaria, prolongadamente, o prazer de ser procurado em seu novo posto. Passados uns bons minutos, ele colocaria um bilhete sob a porta, datilografado, impessoal, avisando: "Esperem o professor lá embaixo, na rua, em frente à portaria; ele já irá vê-los".

Todos, prontamente, suspirariam aliviados, e se disporiam a atender a mais essa excentricidade do mestre; julgariam que se tratasse, apenas, de mais um traço idiossincrático de um sábio (e os sábios, naturalmente, têm o direito de tê-los). Desceriam imediatamente, cumprindo a solicitação posta sob a porta. O bilhete deveria ser da secretária, comentariam, maliciosos. E chegariam com presteza ao local marcado (não quereriam parecer débeis aos olhos do solicitante, nem arranhar humor tão lábil devido às idiossincrasias).

Enquanto isso, o pai estaria limpando a sua prancha de trabalho, meticulosamente...; e fichando alguns trabalhos que, inadvertidamente, teriam permanecido não-catalogados.

Aproximaria, então, sua prancha para junto da janela, que já estaria aberta; apoiaria seu peito sobre a parte mais alta (a prancha, agora limpa, não sujaria a camisa de pura seda), e deslizaria para a rua, como um peixe procurando o fundo d'água, diante do estarrecido olhar de seus pupilos.

Capítulo 105
Do Derradeiro Tombo da Embriagada

Para ti, que és habitante da terra, está reservado o susto, a cova, a flecha. E acontecerá que o que fugir da voz espantosa, cairá na cova; o que se desembaraçar da cova, será abatido pela flecha. As cataratas do alto serão abertas e serão abalados os fundamentos da terra. A terra será despedaçada com grandes aberturas, com o seu abalo será desconjuntada; será agitada e cambaleará como um embriagado, será tirada como a tenda que somente se arma para passar a noite; carregará sobre si a sua própria iniqüidade, cairá e não tornará a levantar-se.

Capítulo 106
Dos Certeiros Tiros de Salvação

Havia um jovem em seu leito, doente de uma enfermidade da qual, em breve, morreria. Porque era justo e porque definhava, Onan, o profeta, foi vê-lo. E apertou-lhe as carnes logo que chegou, confortando-o. E dizia-lhe assim: "meu filho, meu filho".

O jovem o interrogou: "meu pai, trouxe-me o arco e as flechas de Oxóssi, como te rezei que mos trouxesses?" Ao que Onan respondeu: "Cá estão...; os deuses sempre deixam algo nas mãos do profeta... Também para que elas não se ocupem só de outros ofícios, menos divinos..." E o jovem, continuando, sorriu: "Salve os deuses, e que assim seja!" E pediu a Onan que tomasse o arco para si, e que pusesse a sua mão sobre ele.

"Meu profeta e meu pai..., peça ao vento que abra a janela que olha para o oriente..."

O profeta assim o fez, e o vento atendeu ao seu pedido. E estando a janela aberta, disse o jovem: "Atira com uma flecha". Atirou-a, arrancando de seus pulmões um grito que fez estremecer o leito e a casa: "flecha da salvação dos deuses..."

E o jovem perguntou a Onan: "Atingiu a flecha algum animal?"

"Sim", respondeu-lhe aquele, "Sim, a mulher cujo aspecto manso oculta o seu capricho..., e cuja aparente bondade esconde o medo; de medo e mentira cerca-se a sua vida, e ela aprisiona os que a ela se achegam, nesse cerco; e a tudo pergunta e responde com meias palavras... Esta besta foi abatida e já morre." E diante disso foi grande a satisfação do jovem. E ele disse mais: "Onan, pega nas flechas". Assim o fez. "Agora pede ao vento que descerre a porta que olha para o ocidente." Mais uma vez, o vento mostrou-lhe a amizade. "Pois bem..., atira uma, e depois outra, e ainda uma terceira..." E foi assim que procedeu Onan. "E diga-me, agora, que animal morre?"

"Morre aquele que fala palavras e juízos os quais pede emprestados...; feriu-se nos olhos e já sangra..., e é cheia de dor sua agonia..."

Ao que regozijou-se o jovem, e foi grande o seu entusiasmo, e imensa sua gratidão ao vento, e às mãos do profeta, e ao arco do deus. E nesse júbilo, entregou sua alma ao inferno sem mais ruído algum. E o profeta despediu-se dele, apalpando-lhe as carnes mornas uma segunda vez.

Capítulo 107
Dos Livros que Tiram a Inspiração

Deram ao menino um livro para ler nas horas ociosas, cheio de provérbios, escrito em rimas eloqüentes. Diz que os bons sofrem mais porque possuem maior capacidade e valor, e que os maus sofrem menos por ainda não merecerem sofrer tanto... Depois de aprender de cor todas as rimas e piorar sua vista, o menino não conseguiu escrever mais verso algum.

Capítulo 108
Do Emudecimento Noturno

Em uma noite será assolada a cidade, e emudecerá; em uma noite será demolida, e emudecerá. Lamentar-se-á, e as cabeças de seus filhos estarão sem fios, e toda a face estará lisa e sem pêlos e murcha, e não verão direito... Andarão pelas ruas tropeçando, tateando ruínas, vestidos de saco... E sobre os seus telhados, e entre as muitas pedras caídas, e em meio ao que restar de muros e praças, somente se ouvirão lamentos acompanhados de lágrimas...

Capítulo 109
Da Correção de Olhos Feita ao Modo de Profecias

"Favor, senhoras, encostai-vos à parede." O oftalmologista dava instruções, durante a consulta. "Agora, dir-me-eis as vossas queixas... Olhai à diante e dizei-me o que virdes..."

"Doutor, eu não divido nada."

"Ó, senhora, estais cometendo um grave erro. Dividir é repartir um todo em partes... Não quereis dizer-me, talvez, que não divisais nada?"

"Eu não vejo nada, doutor."

"Outro grave erro, minha senhora... Ora, percebei... ver é reconhecer algo à frente... e enxergar é identificar esse algo em seus detalhes... Portanto, vêde, mas não enxergais."

Capítulo 110
Do Ponto Luminoso no Infinit(iv)o

"Meu senhor, quando o senhor vir o ponto luminoso, faça-me um sinal..."

O homem permaneceu inalterado.

"O senhor não viu o ponto luminoso...?"

"Ahnn..., sim..."

"Pois então..., meu caro..., quando o senhor vir o ponto luminoso, faça-me um sinal..."

E nada.

"Então, meu senhor...?"

"Mas não é para esperar alguma coisa... que vai vir?"

"Não, meu senhor, é para fazer o sinal quando vir o objeto luminoso, e não quando outro objeto vier...;

talvez o senhor preferisse que eu dissesse ver...

... o ponto luminoso

               no infinitivo presente,

mas não é a questão,

               a questão é subjuntiva.

Então..., quando o senhor vir..., faça-me esse obséquio."

Capítulo 111
De um Bêbado que Recolhe as Sobras da Cidade

Viram Onan bêbado e amassado, andando nas ruas. Os meninos lhe fizeram uma farda azul cheia de botões de todas as cores, com tampinhas de garrafa no lugar de medalhas, e todo tipo de sobras como enfeites. E ele, subindo num toco de árvore cortada, proclamou, cambaleante: *Vozearia de muita gente sobre a terra, como se fora de numerosos povos...; ruído confuso de reinos e nações reunidas. Os deuses deram as suas ordens à estranha milícia que vem dos confins, das extremidades do mundo, e ela já se apressa a chegar.*

Capítulo 112
Da Obscenidade e do Lugar a Ela Destinado

Ainda não de todo refeito (de seus discursos), o profeta encontra uma criança esculpindo um púbis em pedra. Ele observa o seu empenho, ao lado de outros empenhos de outras crianças que inventam ocupações. E ela lhe conta que, quando crescer, será obscena senhora. E o profeta, satisfeito, lhe diz:

Antes disso, antes de seres o futuro que já te está escrito, antes de seres senhora [obscena]*, levarás este teu úmido* [desejo] *para ocupar a minha direita, e aí deitar-se-á comigo, no Jardim das Delícias, na casa da Salvação.*

Capítulo 113
Canto de Areia e Mar na Ponta dos Pés

Ao pisar a areia, saído do mar, Arion é recebido por Flora, que tem seus pés secos e não deixa marcas. Ele sussurra para ela uma canção-de-golfinhos, ela sorri e ergue-se na ponta dos dedos. Ele procura suas mãos pequenas, ela tem fotos para mostrar. Ele vê homens eletrocutados sobre fios, outros que reparam geradores elétricos, crianças sobre postes esfregando lâmpadas para dar (re-)nascimento a gênios e deuses aprisionados... E perto se vêem as árvores queimando (os olhos de ambos vêem, também, as hamadríades perecendo...), o colar se torna vermelho e um cortejo de éguas foge do fogo.

Capítulo 114
Dos Conselhos Rep(r)isados à Exaustão

Os deuses sempre vos disseram conselhos. Mas vós não quisestes [ouvi-los], *antes dissestes: De nenhuma sorte* [os queremos], *mas fugiremos dos castigos sobre cavalos; e montaremos em cavalos ligeiros... Por isso mesmo serão ligeiros aqueles que vos hão de perseguir. Mil homens fugirão da vista do terror de um só deus.*

Ai dos que procuram e intentam buscar socorro, esperando nos seus cavalos e tendo confiança neles, porque são muitos; e em si, porque são valentes e maus... No entanto, os deuses, também eles, são sábios e sabem mandar calamidades... Levantar-se-ão contra a casa dos maus e contra o auxílio que pensam poder obter. Os seus cavalos são carne, a voz dos deuses é espírito e derrubará cavalo e cavaleiro, valente e mau.. Porque assim como um filhote de leão ruge sobre a sua presa, ainda que se apresente diante dele um tropel de homens e cavalos, da mesma forma virão uns poucos deuses para pelejar sobre esta cidade. Como as aves que voam em volta do seu ninho, assim esses poucos, mesmo sendo poucos, cercarão este lugar. E será lugar de gemidos.

Capítulo 115
Dos Mantos Feitos com Restos-de-mundo

Crianças, à beira dos desfiladeiros, esculpem seus rostos, esculpem púbis, esculpem sílabas-palavras-frases, tecem mantos com que irão subir aos céus, e o fazem com fios das roupas que trouxeram de casa, palhas trançadas, crinas de cavalo. Recriam com sobras. Nesses mantos escrevem versos, versículos, e buscam concentrar ali todo o conhecimento que têm dos diversos andares e compartimentos do mundo. Desfiam nomes, datas, bordam lugares e embarcações, brinquedos, jogos de adultos, símbolos em putrefação, festas, profissões-quase-imaginadas...; e neles, nesses mantos pedaços-espelhos de vida, não se distingue a solitária biografia da universal história. E, de vez em quando, ainda surge um deus para sussurrar novas palavras às crianças que tornam o manto mais completo, mais inteiro e mais leve, por paradoxal que pareça.

Capítulo 116
Do Desmanche de uma Tapeçaria

Sim, todos os deuses e homens constituem um mesmo fato, um único tecido. E se alguém quiser puxar um dos deuses como um fio, intervir ou duvidar de seu destino, ou destroná-lo, os homens todos se desmancham.

Capítulo 117
Do Poder de Cicatrização das Araras-do-mato

Quase não se vê mais os dentes das pessoas. Elas não mostram mais os dentes. Doem-lhes os movimentos de boca muito angulosos. E as palavras, de tão contraídas, se atrofiaram. Passeiam, tímidas, como pequenos animais feridos.

Por isso agrada tanto ao menino ver alguém gritar como uma tarada, tirar algum manso animal de seu passeio, com jeito, com brilho; acordá-lo, como uma gralha. Como uma arara-do-mato, viçosa, colorida-quase-como-uma-agressão. Tão impossibilitada de ser mansa ou tímida, e de esconder sua gargalhada.

É tão lindo ver uma dessas araras que não esconde nem os pontos na boca. Tem a marca de pontos na boca. Foi currada. Depois o otário foi caçá-la de novo, e desta vez levou amigos. Novas curras e humilhações..., tomou muita porrada na boca.

Mas essa *avis rara*, arara tão viva, ainda exibe a beleza (como cores nas suas penas) de poder sentir prazer com um freguês e tantos, de perceber a textura sempre nova e sempre outra de dezenas de homens; e gozar livre, escancarando a boca, lábios à mostra; vivos, vermelhos, e já cicatrizando...

Que gemam os animais mansos, porque essa arara ri. Que doam-lhes as pálidas cores (sentimentos, de tão contraídos, também se atrofiaram), essa exulta nas suas. E quando dela sai um menino, exausto e feliz..., quando um desses sai de seu tronco e de seus beijos, de seus úmidos e de seus laços, nem se importa de se ver chamada deusa ou vaca, ou mãe, tartaruga gigante, cadela-do-paraíso, taça de champagne... Pois o nome mais impronunciável é de todos o mais lindo, lembrete de que ainda há animais silvestres soltos pela cidade...

Capítulo 118
Da Tenda Larga

Alegra-te, vagabunda; entoa cânticos de louvor e de júbilo, tu, cujos filhos estão nas ruas, porque os filhos das desamparadas são muitos mais do que os daquelas que têm marido. Alarga o espaço da tua tenda, estende quanto puderes as peles dos teus pavilhões; alonga as tuas cordas, segura as tuas estacas, para abrigares os filhos teus que não têm casa, e os das outras, que fugiram das casas que tinham...

Não temas, porque não serás confundida nem envergonhada; porquanto não terás de que te envergonhar...; porque nós, os deuses, te chamamos adorada e, assim, quem se atreverá a atirar-te censura ou pedra?

Capítulo 119
Da Visão Einsteiniana

Olhando uma avenida, o menino viu faíscas saindo dos geradores, nas esquinas. A cidade e os homens corriam perigo, ele achou. E seguiu com os olhos a mesma reta até onde pôde, e as faíscas estavam lá, postas de tempo em tempo, entre espaços próximos, esquinas. Ele quis telefonar, avisar alguém a respeito da possibilidade de catástrofes, incêndios, pedir aos caminhões de combustível que passassem a carregar água, rapidamente... Desejou ser banhado por um jato em cada esquina, ver as mangueiras sob a rua, nos metrôs em construção, pois o perigo também já devia atingir o subterrâneo...; pois tantas vezes é dali mesmo que ele vem, e que vêm tantos perigos...

Mas os orelhões estavam todos quebrados, as portas das cabines todas emperradas; e, com olhos encharcados (como queria ter as roupas), o menino viu a paisagem embaçando, os tempos se aproximando, os espaços das esquinas se tornando mais próximos, até se empacotarem, todos, num único e mesmo instante. A vertigem dessa união de espaços e tempos, na qual viu quilômetros de ruas, faíscas e árvores dispostas em labirinto, essa vertigem quase o arrancou do mundo. Sentiu percorrer num instante outras cidades verdes com festas, danças e lamparinas dispostas geometricamente..., crianças correndo em jardins e praças losangulares. No instante seguinte, o mundo já era velho.

Capítulo 120
Da Face Solar que Faz Baixar a Cabeça

Seis dias depois de predizer sua morte, tomou Jesus consigo Pedro, Tiago e João, levou-os à parte a um alto monte e transfigurou-se diante deles. Seu rosto ficou refulgente como o sol, e suas vestes tornaram-se luminosas de brancas que estavam. Uma voz fez-se ecoar nos céus. E os discípulos caíram de bruços, com grande medo.

Capítulo 121
Do Pedido Insensato e da Resposta Fulminante

Sêmele pediu ao amante Zeus para vê-lo em toda a sua dignidade e glória. E ele relutou diante desse pedido, mas já lhe havia prometido atendê-lo mesmo antes de ter sido feito. Exibiu-se para os olhos da bela mortal, que os teve fulminados pelo terror do brilho e caiu de bruços, em seguida, fulminada ela também.

Capítulo 122
Da Ação Explícita de Zeus

Quando a tensão se eleva nos fios que percorrem a cidade, transformadores explodem e se incendeiam... E se pensa que o mundo está rugindo, e que irá ruir, e que Zeus, finalmente, age à vista de todos... E se começa a crer em aparições prováveis, na volta de algum deus redentor...; até mesmo porque, dentro dos apartamentos e das casas, a luz se intensifica, e chega a parecer a luz de dez sóis se congraçando. Por fim, as lâmpadas não suportam e explodem também, junto com os transformadores das ruas...; e os bombeiros têm muito trabalho para evitar os incêncios. Queimam-se tvs e vídeos, e a cidade é lançada no escuro e vê se perderem suas imagens.

Capítulo 123
Da Anunciação da Luz

Esses eventos pirotécnicos, esses aumentos de tensão, parecem anunciar um calor insuportável que está para chegar; a queda de um sol sobre a terra, a iminência da cidade ser beijada por fogo. E se tem a impressão de que, a cada ação dos bombeiros e a cada mergulho nas trevas que a cidade experimenta, só se oferece a ela uma oportunidade a mais para ir se preparando para a completa Luz.

E os mais lúcidos (os que da luz já são parentes) aguardam o beijo de fogo, como os antigos aguardavam o afogamento, nos tempos de Noé.

Capítulo 124
Dos Olhos Úmidos

Os homens que vêem demais e que vêem longe, sentem suas visões arderem como muitos sóis renovados e multiplicados, e temem que seus olhos sejam consumidos pelo fulgor que antecipam, pelo fogo que prevêem. São olhos sempre úmidos por medo de se verem chamuscados, de serem devorados. E receosos de se tornarem cegos, esses videntes chamados-pelo-sol passam a andar de olhos fechados, e é assim que são identificados. E se diz deles: "lá se vão os que vêem pouco".

Capítulo 125

Dos que Esperam Apalpando Paredes

Ouvimos o clamor dos justos e são, agora, como cegos apalpando paredes, e são como se não tivessem olhos...; guiam-se e vão pelo tato..., tropeçam em pleno meio-dia como nas trevas..., estão na escuridão como os mortos.

Rugem eles como ursos, e esperam...; gemem como pombas, e esperam...; esperam a justiça que não aparece, e a salvação que, por ora, ainda não se acha, ainda não se vê... Mas nós lhes enviaremos um que provará das suas dificuldades, e delas os livrará.

Capítulo 126

Do Sermão da Planície
(ou "Do Santo Tomado por um Reles Ladrão de Comida")

Os meninos encontraram um santo na planície. Sabiam que era um santo porque os gatos da rua vinham comer-lhe à mão, prova cabal de santidade. Fizeram um círculo em torno dele, e pediam-lhe: "Ó santo e pai, instrua-nos".

Ao que respondeu ele: "Vim do templo, e ali os deuses me revelaram que eram as faces emanadas de Um-Único-Sem-Rosto, e que esse Um-Sem-Face é que havia se tornado todas as coisas e todos os rostos. Então entendi a origem e a unidade de todos os deuses. E vi que tudo estava pleno de Sua Consciência. As imagens do templo eram Consciência, o altar era Consciência, os arranjos de flores e a vasilha de água eram Consciência, o umbral da porta também o era. Vi homens perversos em frente ao templo, mas também neles vi o raio da Consciência brilhar. Por isso cumprimentei-os, e por isso dou aos gatos o alimento que seria oferecido aos deuses, e que tirei do templo".

Capítulo 127
Do Refazimento do Mundo pelo Vento

O vento laborioso esculpiu imensas imagens de arenito, nas regiões extremas da cidade, quando ela se avizinha de não mais existir... E os olhos de crianças viram nessas formas um rinoceronte, uma garça, um índio, uma noiva em passo de *ballet*, uma esfinge, uma baleia e um gavião..., uma cidade ciclópica, outra cidade arruinada..., um guerreiro, e um jardim, e tudo muito sagrado. Como se deuses tivessem feito aquilo tudo e visto, ao seu término, que era bom, e que tinha de ser assim, e que já estavam cansados das coisas como tinham sido feitas no princípio.

Capítulo 128
Dioniso

E lá vai Dioniso no espaço olímpico, com seu cortejo de mulheres, mulas, sátiros... Cibele o recebe e o ama, porque é alegre, porque também sabe cantar como Atys, porque foi parido em graça e habitou sagrada gruta, coxa de Zeus, tão sagrada quanto aquela em que Atys viveu.

Ele vem de uma longa viagem..., passou pela Índia, pelo Egito..., e agora percebe-se que está bêbado. Parece um pouco transtornado, querendo distribuir castigos. Cibele o acalma..., alisa seus cabelos anelados, e incita a presença de uma pantera esguia para que ele a possa acariciar. As mãos de Dioniso se dão bem em contato com a pele lisa do animal, sagrada e lisa como a noite e como o vinho, do qual ele abusou um pouco desta vez. Mas como Sócrates nos banquetes, ele sempre pode beber mais do que os outros, e conservar lucidez maior do que a de todos reunidos...

Pergunta pelas árvores que plantou, quer saber se cresceram e se deram frutos, e quer ir ao seu encontro recolher o mel das colméias. As abelhas preferiram aquelas mesmas árvores como casas. Pergunta, ainda, pelas árvores abandonadas, e por abelhas, aves, pelas mulheres abandonadas... Sai, depois de arrepiar os pêlos do animal e de Cibele, sai rumo às árvores, com passos um tanto cambaleantes. Mas não tropeça em pedra alguma, nem pisa em animal rasteiro. E não perde de vista ave que esteja no céu. Os dois lugares, terra e céu, já não estão mais apartados, seus olhos os uniram. Os deuses e os homens já se enlaçam por causa dele, já celebram-se. E se vê algum touro ou tigre, ou outra coisa que expresse poder e dignidade, ele o faz de montaria.

Naquela noite, depois de apascentar rebanhos ferozes com sua voz de pastor, Dioniso fez bonecos com barro úmido da terra, e os fez secar com seu sopro fermentado, e os pendurou nos galhos das árvores onde foram soprados uma vez mais, agora pelos ventos, e dançaram..., dançaram..., dançaram os homens na Árvore-do-Mundo.

Capítulo 129
Da Face Lisa

"Em que crês, asceta?" perguntou o menino.

"Eu creio na impermanência de tudo."

"E por que raspaste tua cabeça e tens lisa a face, se são os pêlos que seguram a força?"

"Porque, sabendo da impermanência, não me preocupo em dilatar minha saúde, nem em adiar minha morte..."

"E quando passaste a crer?"

"Quando abri os olhos e pude ler os selos que estão postos sobre cada coisa..., e pude ver que estão impressos em todas as coisas, e que todas são do mesmo modo sem duração..."

Capítulo 130
De um Convite que É Recusado por Parecer Prematuro

Naqueles dias, serão convidados ao gemido e ao pranto, a rapar a cabeça e a vestirem-se de sacos; mas, em vez disso, somente pensarão em alegria e prazer, em matar novilhos e degolar carneiros, em comer carne, beber vinho e fazer suas disputas, dizendo: comamos e bebamos e disputemos, porque só bem tarde morreremos.

Capítulo 131
Do Segredo dos Pintos Pequenos

O menino interpelou, na rua, alguém que parecia seguir um caminho especial, porque não era barbado como os profetas hebreus, nem calvo como os monges budistas. Perguntou-lhe, então:

"Ó peregrino, por que tens o cabelo assim baixo, como a relva nascente? Será por que crês na impermanência, mas sem tanta ênfase? Será por que queres da saúde e da vida um tanto, e da morte um outro tanto?"

Respondeu-lhe o homem:

"Já viste os pintinhos quando estão pequenos e têm rala a sua penugem?"

"Certamente", disse o garoto.

"E já viste como os tratam as boas mulheres, as de alma pura?"

"Ó sim..., elas os agasalham nas mãos."

"Pois é para isso que conservo assim o meu caminho e o meu cabelo."

Capítulo 132
Da Chegada das Cacatuas na Hora da Agonia

Quando um doente está para falecer (e é tempo de doentes terminais na cidade), acorrem devotas para acompanhá-lo na agonia. São muito boas nisso. Vêem santos que chegam para cercar o leito do agonizante, dialogam com eles e com o já quase-morto com desembaraço e fluência. Em pouco tempo, o enfermo também já quase vê o círculo sagrado dos santos.

As cacatuas chegam logo em seguida, bem penteadas, e põem-se a conversar umas com as outras e com o enfermo, com elegância. Aves vistosas, brancas, amarelas, rosas, passam a habitar os quartos e orná-los com a mesma facilidade com que chegam flores para os velórios e túmulos. Parecem todas femininas, e no mais das vezes o são, e para espanto de todos, preferem mesmo ter consigo as do mesmo sexo... E têm sido cada vez mais cacatuas-fêmeas a chegarem juntas onde há alguém gemendo ou se decompondo. Fora dessas ocasiões de agonia, costumam ser ainda mais alegres, e trocam beijinhos com assiduidade, despreocupadas com a possibilidade da próxima geração de cacatuas não vir a existir. Elas se amam, gostam de se ver e elogiar os penteados e estilos umas das outras, e não toleram bem a convivência com outros pássaros de pouca elegância, sobretudo os machos. Exceção feita à última geração de avestruzes que, apesar de machos, se esmeram como fêmeas.

Capítulo 133
Do Esmero dos Avestruzes

Está certo que os avestruzes não são nem serão tão elegantes quanto as cacatuas, mas eles se esforçam. Tornam cada vez mais vistosas as suas penas, penteiam-nas e pintam-nas já. Quando se exercitam em tagarelar (o que fazem com inegável vivacidade), espalham-nas pelos cantos das salas, como quem distribui presentes, beijos, confetes. São muito afetuosas essas damas. Tornam-se um pouco mais pálidas e contidas quando em presença de devotas, ou em suas casas. Nessas ocasiões, tentam conter um pouco seus gestos e vivacidade, soltar um número menor de penas e elas, então, só cobrem três cantos do ambiente, poupando aquele onde se encontra o oratório. A presença de tantas devotas na cidade intimida um pouco esses pernaltas que acabam, assim, perdendo a naturalidade do passo e tropeçando com freqüência.

Capítulo 134
Da Felicidade, Perplexidades e Jeitos de Andar

Mas quando estão em bandos com os seus iguais ou com cacatuas, os avestruzes encontram a chamada felicidade-de--existir, e se desembaraçam muito...; atiram plumas tamanhas em gestos tão dadivosos que elas sobem aos prédios com o vento, e quase os ameaçam cobrir. E acorrem gentes para ver a passagem dos avestruzes nas ruas. Nessas ocasiões, não vêem ninguém sobre suas cabeças, e atiram suas cores mais vivas, e ensaiam passos com grande desenvoltura; e andam saltitando, até; ora no pé direito, ora no esquerdo. E essa é a chamada "dança lépida dos avestruzes em bando". Preferem eles, assim como as cacatuas, a companhia dos seus iguais, porque crêem que outros seres plumados, pernaltas ou galináceos, não têm condições de entender suas opções de vida, perplexidades e jeitos de andar. E assim, vivem oscilando entre a contenção (entre estranhos) e a exuberância (entre iguais), ora num pé, ora no outro.

Capítulo 135
Com Quantas Pedras se Faz uma Cidade

A cidade é construída com muitas pedras e muitos procedimentos.
Pedras fixas,
                pedras frias de construção...;
pedras de riscar, pedras de afiar, pedras gastas...;
pedras nas costas, carregadas...pedras
                                    reclamadas,
pedras no caminho, pedras
                                    suspeitas, radioativas...;
pias, pedras de batismo, pedras azuis,
                                    na areia;
pedras-de-disputa, talismãs,
pedras que assustam vivos e
                            caem,
pedras que abafam mortos, lápides;
pedras lascadas, pedras polidas, esculturas;
uma que havia ali, outras jogadas ao mar,
                                      âncoras;
pedras naturais, legítimas, reformadas, transferidas, bem
talhadas,
        moedas,
                pedras-dízimo;
pedras vadias, perdidas, inquietas, imóveis, pedras
guardadas com tristeza,
                            coágulos, pedras de sangue;
pedras de estradas, pedras trazidas, pedras que sobram
                e que não nos pertencem,
                                      pedras no sapato;
suspiros, pedras-de-clara-batida;

pedras soltas, preciosas, roubadas,
                         pedras falsas, pedras de cor,
                                              bijuterias;
pedras inadaptadas, malpostas, pedras nos rins;
pedras cadentes, pedras de aviso, meteoros;
pedras que se despregam, granizo, pingos de pedra d'água;
pedras que se levam e pedras que se deixam,
                                                    pedras-iscas;
pedra-suporte, pedra que pesa, pedra de sacrifício,
                                     pedra de altar, púlpito;
húmus, pedra fértil;
pedras pisadas ou presas nas algas, pedras feridas,
                                              seixos, pedras-de-rio;
pedradas de estilingue, pedras perdidas,
                                    balas;
pedras de acusação, engasgo,
                                pedra mal-engolida;
pedras de adivinhar,
                     búzios;
grutas, pedras-de-abrigo;
pedras miúdas,
             ciscos;
toda pedra presa e toda pedra alta.

Capítulo 136

Da Predestinação Agostiniana e da Dança Solar

O menino já desistiu de escrever, perdeu a inspiração, perdeu seus versos. Afundaram como seixos. Mas querem recuperá-lo, de qualquer forma, para o ofício da escrita, última esperança. Assim, ele encontrou em sua mesa *De Civitate Dei* de santo Agostinho, onde o homem expunha de modo exemplar o pecado original e a graça; e os contrapunha igualmente tão bem, que se aproximava dos maniqueístas que queria combater. Ora, o bom religioso resolveu o impasse entre o bem e o mal mediante o conceito de predestinação, linda doutrina. Mas o menino achou que não valeria a pena mexer tanto nos personagens do aquário para fazê-los, por fim, retornar aos lugares predestinados desde a origem. Santo Agostinho não sabe muito de cidades, e muito menos de deuses, assim lhe parece. Ele prefere outro texto, esquecido na estante do pai, já amarelo. *Civitas Solis*, de Tommaso Campanella. Aquilo sim é que era arquitetura sagrada, deflagrou visões em seus espíritos, turbulências, e os personagens dançaram indóceis no vidro. Nessas visões o sol dançava amarrado a uma árvore. Ele procurou, então, nova versão do texto, mais nova, mais sonora, que permitisse maior soltura dos passos, *La Citá del Sole*, circunlóquios solares, majestosa *tarantella*, visão de comunidade. Apesar de girar tanto, como um tambor amarelo e vivo, o sol estava bem atado ao tronco.

Capítulo 137
Das Pedras Tiradas e Repostas, ao Modo dos Operários

Uma cidade se refaz com as pedras que lhe são tiradas, e com aquelas que se põem no lugar das que foram tiradas... Porque se não houvesse pedras por retirar, não se chegaria àquelas que as substituíssem...

Porque alguém encontrou a cidade assim, habitada por tiranos, clamou mais alto... E os deuses todos vêm sempre morar naquele que clama mais forte [porque encontrou tiranos e se indispôs contra eles]; *os deuses moram neste* [que clama], *habitam-no, querem ajudá-lo, e sabem como... Os deuses chegam atrasados onde primeiro teve lugar a tirania. Depois, uma outra tirania os expulsa..., e eles voltam revitalizados e menos ingênuos... E eles vêm se habituando, com o passar do tempo, a um menor período de férias, a uma menor jornada de sono. Já trabalham como operários, e o mesmo se pode falar de seus profetas.*

E quando voltam os deuses encontram, muitas vezes, aquelas crianças que os acordaram como os novos tiranos a lhes suscitar a ação, a lhes provocar a ira. Porque não acompanharam o fogo, não souberam seguir o tempo, e o mundo reclama uma outra justiça. E a justiça que o homem precisa, porque já se encontra incubada e pronta nele, esta [mesma] *os deuses farão.*

Capítulo 138
Das Pedras que São, ao mesmo Tempo, Luteranas e Demoníacas

Deuses estão bem abrigados em níveis e moradas fixas, mas demônios (como meninos ou profetas) não têm lugar onde possam repousar a cabeça... Assim, não é difícil imaginá-los rondando, aparecendo no mundo dos desejos, mundo dos homens, para procurarem suas vítimas. Às vezes, procuram instalar-se no útero de uma devota e, assim, serem tomados por santos ao nascer. Outras vezes, procuram refúgio num oco, numa árvore já sem vida, na mente de um infeliz, no órgão frágil de um religioso. E foi assim que os demônios encontraram Lutero, e se colocaram em seu fígado, como pedras. E o bom homem não pôde mais deles se esquecer.

Capítulo 139
Da Demoníaca Disputa

Religiosos de diversas seitas, líderes, missionários, encontram em muitos cidadãos a presença de demônios, e seu número é legião. Em alguns possessos há inúmeros espíritos maus, por certo; e cada religioso encontra um tipo de satanás, de filo, gênero e espécie específicos, com uma certa feição e certos trejeitos; e cada qual encontra um desses, porque seus olhos estão mais habituados a esse um, e seus exorcismos possuem eficácia maior contra esse mesmo.

Assim, às vezes, num único menino encontram-se dez ou doze demônios; e esses, e os especialistas em conjurá-los, disputam para ver qual irá exorcizar primeiro, e qual irá sair por último.

Capítulo 140
Do Sermão da Montanha

Onan demorou uma hora e meia para escalar uma antena de cento e cinqüenta metros. E do alto dela propôs as novas bem-aventuranças, que se dispersaram antes de chegar ao chão, porque falou baixo, de tão comovido.

Não tem mais essa de panfletagens ou manifestos aparentados às escrituras góticas, desenhadas à mão...;

Não tem mais essa de desenhar trevos nos cantos das páginas, de cifrar textos em códigos, de engendrar brasões para os manuscritos;

Não tem mais essa de amor incondicional..., de colocar todo o teu ideário num único filme..., de se perder nos meandros de um simbolismo rico, mas sombrio;

Não tem mais essa de beleza exuberante ou mesmo meia-exuberância, de achar que a existência é uma sucessão de noites incensadas por gardênias, embaladas por Cazuza ou Elis Regina...;

Não tem mais essa de aprender tudo que não pôde, de ser tudo que não foi, de dar tudo que não soube;

Não tem mais essa de ver no amor à astronomia o reflexo de uma ânsia inata de expansão, de achar que o universo chora pelos olhos de uma nebulosa...; e que chora, ainda, pelas mesmas coisas que você...;

Não tem mais essa de se apaixonar por tudo e cada coisa, nem de fazer o próprio mundo com tanta premeditação, e nem de encontrar em cada canto algo a ser retratado...; se você tem muita pressa ou muita febre, seus cabelos caem mais cedo;

Não tem mais essa de querer fazer uma estátua com a própria cara, pois a tua cara já está imóvel o bastante.

Ninguém fere com as mãos pedra alguma. Ninguém sequer arranha o rosto desta cidade.

Capítulo 141

Da Antecipação das Dores e da Futura Dificuldade de Subir aos Céus

Os germes têm adquirido resistência crescente aos medicamentos, de modo que já se sabe que, em breve, não haverá mais cura para as enfermidades. Os meninos terão doenças venéreas, com toda a certeza, porque amam demais e os preservativos já escasseiam. Suas uretras se estreitarão. E eles já se preparam para isso, fazendo força, desde já, para urinar. E subir aos céus será um tanto mais difícil, porque suas bexigas estarão cheias.

Capítulo 142

Das Palavras que Descem do Céu como a Neve

Porque os nossos pensamentos não são os pensamentos de vossos pais; nem os caminhos deles são os nossos. Porque, quanto os céus estão elevados acima da terra, assim se acham elevados os nossos caminhos acima dos caminhos de vossos pais, os nossos pensamentos acima dos deles. E, assim como desce do céu a chuva e a neve, e não voltam mais para lá, mas embebem a terra, fecundam-na e fazem-na germinar..., assim serão as nossas palavras, as que saírem de nossas bocas; não tornarão para nós vazias, mas farão tudo o que queremos, e produzirão os efeitos para os quais as enviamos.

Capítulo 143
Do Pardal que Não Acha os Peixes nem o Mundo

A mãe do menino lhe arrumou um pardal, e ele o pôs em seu quarto, diante do aquário sem peixes. Ele contempla o mundo de vidro e canta. Mas dias se passam, dias sem sair de seu novo domínio, e ele parece enfadar-se, sem voz. A mãe, ao ver o filho e o pássaro imobilizados diante do vidro, deixa de suspirar e morre com as mãos junto ao colo.

Capítulo 144
Dos Licores e da Hora do Silêncio

A morte da mãe abalou muito o menino, e ele soluçou por quarenta dias e quarenta noites. Para não afogar o pardal em seus soluços, deixou-o sair...

E uma noite o pardal foi visitar outros apartamentos, casas. Chegou aos restos de festas nos quartos, lençóis úmidos, copos caídos. E saltitou em meio aos corpos sonolentos e nos quartos já vazios, por arrumar. Arremessou seu vôo baixo pelas janelas que encontrou abertas. E seu bico achou licores saborosos, respingados.

Galos brancos, altivos, que esperavam o amanhecer para anunciá-lo, entraram com o pardal pelas janelas, silenciosos, porque ainda era a hora do silêncio. Passearam sua altivez pelos quartos, exibindo seus perfis angulosos e passos militares. Sentidos atentos naquela já adiantada hora de vigília noturna, eles não se curvaram aos copos e aos restos, como o pardal de vôo obscuro... Mas também não saíram dali tão felizes quanto ele.

Capítulo 145
Do Novo Cantor de Dioniso

E o menino viu chegar pela manhã, ao quarto, um pássaro que agora sabia identificar rastros de festas, rastrear perigos e as horas dos homens. E ali estava o novo cantor de Dioniso, no seu sutil desprendimento licoroso do chão, volátil e lúcido, mais perto dos deuses depois de tocar a terra. E vendo-o assim, celebrando Mistérios, o menino deixou-o habitar o aquário por três noites.

Capítulo 146
Da Transformação do Deus em Fera

Quando Dioniso estava numa das praias de Argólida, foi capturado pelos piratas tirrenos para ser vendido como escravo em Chipre. Mas as correntes que o prendiam desataram-se, o deus transformou-se num leão e dilacerou o capitão.

"O deus negado e preso para ser vendido, transforma-se em fera e devora aquele que o negou."

Capítulo 147
Da Transformação do Homem em Fera

Porque Penteu, rei de Tebas, opôs-se ao culto de Dioniso, foi massacrado por cães. Sua mãe, Agave, e outras adeptas do deus, embriagadas, tomaram-no por um javali, e incitaram os cães a devorá-lo.

"Porque o homem quis negar o deus, foi transformado em fera, e devorado por feras."

Capítulo 148
Da Transformação do Filho em Árvore

Depois de tentar aprisionar Dioniso e seu séquito, Licurgo viu crescer em si a loucura, e deu uma machadada no filho, confundindo-o com uma videira. Por negar Dioniso, confundiu o próprio filho com uma árvore que quis derrubar.

"Derrubando a árvore derrubaria o filho, pensando estar derrubando o deus."

Capítulo 149

Sobre a Atualização do Santíssimo Mistério da Trindade

Por isso tudo, diz Onan:

Oh, não derrubais nem a árvore, nem o menino, nem o deus..., porque existem para estar juntos, porque existem para ser o mesmo... Deixai o deus-árvore-menino.

Porque o homem que quer arrancar a árvore, é devorado por feras [Milon de Crotona]; *o homem que quer derrubar a árvore-do-deus* [a videira], *acaba abatendo o próprio filho, confundindo-se* [Licurgo]. *Quando expulsais para longe as vossas árvores, é como se desterrásseis vossos filhos de vossa própria casa. Porque a árvore, o deus e o filho estão relacionados. Esse é o Mistério da Trindade, o novo, a mim sussurrado pelos deuses. Já tendes todos os termos* [árvore, deus, filho]: *se quiserdes mais saber, trabalhai com as equações sagradas... Mas não sonhais tocar demasiado fundo o Mistério, pois se o pudésseis, já seríeis deuses também... ou, ao menos, profetas.*

Capítulo 150

Dos Bambus que Não se Quebram e da Chegada dos Sonhos

O menino anda magro e curvado, com saudades da mãe, já torce seus lábios como ela o fazia. Ouviu, então, de seu pai, uma história sobre bambus flexíveis que vergam e não se quebram ao vento. História que o pai tomara emprestada de algum livro antigo, com toda a certeza. O menino não queria se ver vergado até tocar a boca ao chão, até partir-se sua coluna. Por isso, esqueceu essa história da superioridade dos bambus e fixou para si a meta de se tornar um tronco firme, rijo e inabalável.

Passou a dormir no chão e a buscar a dureza e a resistência. O pai tomou isso como afronta, e sentenciou: "ainda não sabe vergar bem..." Como insistisse em levantar a cabeça contra os ventos, seu irmão mais velho ia se vendo perder altura, perder vantagem. Decidiu, então, molhar com leite e mel, a cada noite, o chão e os panos com que se cobria, para que não tivesse um lugar seco onde pudesse se deitar. Foi, então, que chegaram os sonhos e as formigas.

Capítulo 151
Do Pecado Original
(ou "Da Serpente que Carregamos Subindo Escadas")

E o menino teve um sonho. Olhava para a espiral formada pelo corrimão da escada de um edifício (seu antigo prédio), de cima para baixo; e sabia que, descer ali, ao fundo daquele escuro tumultuado, era experimentar pôr os pés nas águas quentes do inferno. Ele desceu e os pôs. E saiu com marcas no seu rosto, marcas nas costas e no seu corpo, e nos seus olhos tontos de ver espiral. E ele percebeu que se repetia, e que nós nos repetimos. Quando ele se debruçava sobre a espiral do tempo, era sobre sua mesma história, sua repetição; sobre a mesma escura espiral das escadarias do prédio de sua infância. E essa dor de ter que carregar a própria história como um réptil enrolado, e a partir dela se lançar um degrau à frente para o futuro, num processo de correções e repetições infinitas, atravessava-lhe o corpo e a alma. Eis a serpente que temos de carregar. Eis o pecado original. E o menino pôde chorar essa dor tão abstrata, porque concretizou-a, debruçado sobre escadas antigas...

Capítulo 152
Do Centro da Desgraça

Policiais chegaram para levar o menino. O pai convocou quinze, bom número para a tarefa.

"Ele atordoa-nos a todos, não deixa ninguém em sossego. Quis crescer mais do que todos nós, para nos fazer suas queixas e seus desafios...; quis intimidar-nos. Deixou sua mãe e seus irmãos em pânico, mostrando-lhes uma face terrível, e a mim bem que tentou perturbar... É a pedra central de nossa desgraça, coisa ruim em que tropeçamos...

"E não foi para isso que o criei, um cavalo, um asno atrevido, um galo-de-briga desafiador e petulante...

"A mim pouco me olha nos olhos..., e não sei se me tem ódio ou se me tem desprezo o ingrato, alheio a tudo, alheio a todos nós e à nossa dor..., indiferente ao que não seja somente ele... E creio que deve estar se parabenizando agora, por ter a sua chance de se afastar, já que não pôde sepultar-nos..."

Depois de o dizer, o pai teve um derrame nos olhos. E os policiais se puseram a segurar o menino com veemência, os quinze, diante do olhar vermelho do pai, espantados com uma manifestação tão palpável (e prova tão cabal) de seus temíveis e maléficos poderes.

# Parte IV

Oratório

Capítulo 153
Do Risco de Petrificação

Eis, enfim, um menino encarcerado. Levado a um cubículo pouco maior do que um aquário, ele se vê correndo o risco de petrificar na imobilidade. Se ficar detido muito tempo, ou se se deter no medo, em seguida não poderá mexer a cabeça, terá os olhos fixos, e a alma perdida... Precisa, então, olhar para todo canto, exercitar sua vontade. Os nomes dos deuses lhes saltam aos lábios, e ele os pronuncia enquanto os aprende; ele os pronuncia enquanto se prostra, dobrando a cabeça entre os joelhos, do modo prescrito aos amedrontados.

Capítulo 154
Da Coisa que É quase Nada

Quem é que mediu as águas com a concavidade das mãos, e pesou os céus com as palmas, senão nós? Quem sustentou em três dedos toda a massa da terra, e pesou os montes e outeiros numa balança? E todas as nações juntas são como gota d'água que cai dum balde, e como um grão na balança; as ilhas são também como o pó miúdo. Todos os povos na nossa presença são como se não existissem, e nós os consideramos como um nada ou, no máximo, como cousa muito pequena.

Porém tu, servo nosso, não temas, porque somos contigo. Tu buscará os homens que se levantam contra ti e não os acharás; serão como se não fossem. Ó vermezinho, somos tua ajuda. E os que forem contra ti, serão contra nós, e serão como se não fossem...

Capítulo 155
Dos Modos Suaves que Curam o Olhar Fixo

Jesus estava na sinagoga em dia de sábado, e falava aos homens. E eis que lhe veio uma mulher possessa de medos que a tinham doente por dezoito anos. Andava curvada, e não podia levantar a cabeça. Jesus dela se compadeceu, chamou-a e lhe disse: *"Mulher, olha..., é só um homem que te fala..."* E tocou-a com a mão mais suave que tinha para lhe oferecer, e ela se viu livre do medo de Deus, e do olhar fixo para a terra.

Capítulo 156
Dos Olhos que Puderam Pensar a Beleza

Quando meninos pensam em deuses, quando contemplam seu brilho, se faz presente neles a razão porque resplandecem, e a base e o sentido a partir dos quais chegaram a ser o que são, deuses. E tanto pensam nesses sentidos e brilhos, e tanto contemplam as inscrições e marcas desses corpos-de-luz, resplandecentes..., e tanto se acercam do gozo divino, que se livram do ofuscamento e do medo. E em decorrência do seu zelo e dos seus esforços, o brilho (de deuses) que (antes) era afastado, se revela estreitamente unido aos olhos desses que puderam pensar a beleza.

Capítulo 157
Da Firme Raiz

Tomaram, então, nas mãos a cabeça do menino, e giraram-na até que estalasse, até a dor do espasmo. Agora não poderia olhar para os lados, buscar deuses nos céus ou se esquivar dos perigos da terra. Aquela imobilidade lhe permitia, ao menos, não distrair-se, e não comparar o que estava à direita e à esquerda, acima e abaixo. Assim, seu espírito permanecia focado, quer andasse, quer se sentasse, sem poder criar noções comparativas; sem imagens em contraponto ou apoios laterais.

E nessa liberdade de comparações e apegos, o menino podia deixar as coisas seguirem sua marcha no tempo, e se encaixarem suaves e firmes em seu entendimento, como blocos de pedra sem falha. Podia, finalmente, laçado por seu espasmo e compreensão-livre-de-comparações, contemplar e sentir a vida como se estivesse doente demais para querê-la ou para deixá-la.

Capítulo 158
Da Fiança e da Liquidação

Certos delitos têm o seu valor e o seu perdão comutados em moeda; e os do menino, apesar de graves, gravíssimos, também têm o seu preço. São desses tais crimes afiançáveis. A justiça pediu trinta dinheiros pela sua liberdade, valor nada desprezível. Mas não houve quem os quisesse dar.

E apesar dos crimes, naturalmente, não sofrerem alteração, pois que não se mudam os fatos já feitos, o preço pela liberdade foi baixando, o valor do perdão foi sendo revisto, e alcançou a módica quantia de três dinheiros. Pareceria ao leigo que, em razão do novo preço, o delito agora era visto como menos drástico, mas as razões de preço encerram maior complexidade do que as (razões) do raciocínio lógico ou jurídico. Mesmo assim, liquidado o preço (ou recolocado em seu valor justo, não se pode avaliar), não se achou quem o pudesse saldar; não se viu quem, tendo-o, quisesse dispor de três dinheiros por um menino liquidado e imóvel.

Capítulo 159
Do Jardim das Oliveiras

Faltavam doze dias para o natal, ofereceram pão de azeitonas ao menino. Um garçom o fez, e lhe deu um beijo na boca. Ele provou daquele pão, e revigorou-se em força, e conheceu o gosto que vem das oliveiras, e não era o gosto da lamentação. Arriscou-se a pedir mais um pedaço; ao que lhe deram, os vigias, cem chicotadas; e olhares de desprezo, insultos...; puseram-no para dormir de bruços, amarrado pelos pulsos, queixo encostado ao chão, olhar para a frente e vendado. E derramaram sobre seu corpo nu, azeite. E fizeram toda sorte de insetos entrarem e cercarem seu corpo; e o seu rosto não estava protegido pelo óleo. E os insetos fizeram ali o seu acampamento. E o menino sonhou que habitava um jardim.

Capítulo 160
Da Porta que se Abre com Cabeçadas de Carneiro

Em seu sonho, o menino percorria rostos, terrenos, raízes e folhas, até dar numa porta dupla, de cuja fresta se avistava a muita luz que devia estar vedando. E ele ouviu dois estalidos vindos da madeira, como que a avisá-lo que não batesse com a cabeça ali, que não a arremessasse contra a porta. Mas não havia jeito, nem avisos...; puxado pela claridade (como tronco que se arranca pela raiz para transplante em outro vaso), ele a atravessou e viu um jardim magnífico, coberto por muitos sóis. E pastou, de quatro, como um bode magnífico. E acordou com a garganta seca, pedindo vinho, cercado de insetos.

Capítulo 161
Da Coleta do Sal

Um sacerdote de modos antiquados, certa vez, arrumou um bezerro...; matou-o, colocou-o sobre lenha como oferenda para um deus, e saiu à procura de sal. Na volta, constatou que ladrões haviam consumido o bezerro, e deixado a lenha, onde ardia o fogo. Passou um menino e disse: "se o seu deus não está em condições de proteger a oferenda que é para ele, o que espera (você) dele para si?" O sacerdote se atirou ao fogo. O menino recolheu o sal que ele havia trazido, e ofereceu um banquete para mendigos.

Capítulo 162
Oráculo sobre Aquele que Há de Vir
(Onde os Deuses Dizem Novas Palavras e Repetem as Antigas)

De que nos serve a nós a multidão de vítimas e sacrifícios feitos nessa cidade? Já estamos fartos deles. Não queremos mais holocaustos de carneiros, nem gordura de animais nédios, nem sangue de bezerros, nem de cordeiros, nem de bodes... Porque o que imola um boi, é como o que mata um

*homem; o que sacrifica um cordeiro, é como o que degola
um cão. Todas essas coisas gostaram* [os homens] *de fazer,
andando nos seus caminhos, e as suas almas se deleitaram
nessas abominações. Por isso teremos também algum gosto
em zombar deles, e faremos vir sobre eles o que temiam.*

*Mas não mandaremos mais nenhum messias, para que
lhe arranquem os olhos ou lhe lambam os pés, para que o
cerque o ímpio ou o incomode o tolo seguidor. Porque enquanto o primeiro tenta cercear ao messias o seu trabalho,
o último não se põe em condições de fazer algo similar* [ele
também]. *Mas o dócil só saberá proclamar as graças daquele que segue, até que já não tenha mais voz... E nós não
enviamos messias ao mundo para que façam mudas as gentes...*

*Por isso, chamamos do Hades este outro que não possui
magnificência...; chamamo-lo do reino dos mortos e ele nos
disse : "farei o melhor que puder..." Como um artista estreante ou um ator coadjuvante, ele repetiu : "I'll do my best",
para que lhe entendessem as nações e confiassem nele. E
agrada-nos muito a modéstia e a segurança com que o fez.*

*Nós o suscitamos do escuro do Hades, e ele virá donde
se põe o sol; ele invocará o nosso nome, e tratará os grandes
como o lodo e como o barro que o oleiro pisa. Subirá ao
último posto como um arbusto que cresce diante dos homens,
e como raiz que sai de uma terra sequiosa. Ele não tem beleza nem formosura; por isso, serão muitos os que verão e não
farão caso dele, porque não tem parecença do que é. Será
desprezado, mais um entre últimos, mais um homem de dores; obscuro, experimentado no sofrimento, com o coração e
o rosto encobertos pelo desprezo, e por isso nenhum caso
farão dele. Verdadeiramente reputado como um qualquer,*

ele trará o remédio que antecede a paz, o castigo antes da calmaria, e todos serão curados pelas suas pisaduras.

Como uma ovelha que é levada ao matadouro..., como um cordeiro diante daquele que o tosquia, guardará silêncio e não abrirá demasiado a sua boca. E ninguém encontrará iniqüidade alguma, nem nunca se provará dolo algum na sua boca. Com sua própria boca, habituada ao silêncio, acordará as ovelhas e vítimas para junto de si, e serão atraídas pelo seu sacrifício. Nós lhe daremos por sorte uma grande multidão..., e ele distribuirá os despojos dos fortes, e apontará o lugar do jardim onde dançam a alegria e a paz. Verá o fruto pelo qual a sua alma trabalhara tanto, e ficará satisfeito.

Ele será enviado para curar os contritos, pregar a redenção aos cativos e a liberdade aos encarcerados; para publicar a data de nossa reconciliação, conceder, aos que choram, uma coroa em vez de cinza, óleo de gozo em vez de pranto, um vestido de glória em troca do espírito de aflição... E os que o ouvirem e o amarem serão chamados fortes na justiça, plantas dos deuses.

Eis o nosso servo, nós o ampararemos...; o nosso escolhido, no qual pusemos a nossa complacência. Sobre ele derramamos o nosso espírito, espírito de justiça, e ele espalhará a justiça por essas ruas. Não clamará, nem fará acepção de pessoas, e a sua voz mal se fará ouvir. Não quebrará a cana rachada, nem apagará a mecha que ainda fumega, nem ateará fogo à mecha...; com discrição, fará justiça conforme a verdade.

Porque cada casa será abandonada, e essa tão populosa cidade será desamparada; o que foram casas serão pedras cobertas de trevas; ali retouçarão os asnos monteses e pastarão rebanhos, até que sobre todos se derrame o nosso espírito de justiça, e o deserto se converta em um vergel e o vergel em bosque. E então habitará no vergel a caridade, e a justiça terá o seu assento no bosque. A paz será a obra da justiça, e o efeito da justiça [serão] o sossego e a segurança para sempre. Porque, assim como a terra lança o seu germe, e assim como o jardim faz brotar a semente que lhe lançaram, assim também nós faremos brotar a justiça, como uma árvore.

Sobe, pois, a um alto edifício, sobe ao mais alto dele, tu, que vens do Hades, e que vens para anunciar a boa nova...; tu, que proclamas novíssima notícia. Canta com a tua voz, tu, que anuncias isso; canta, e não temas. Dize à cidade, enfim: "Eis aqui um canto de deuses, eis aqui uma dança de deuses; eis que os deuses já chegam com fortaleza."

Parte V

O Sagrado Ballet de Flora

*Onde se encaixam muitos fatos e profecias,
como uma dança apocalíptica.*

Parte V

O Sagrado Ballet da Flora

Onde se encenam muitas vezes e por décadas, o mais puro drama exoendógeno.

Filhos expostos nas janelas, por mães. Operários vistos, através de vidros, por prostitutas (mulheres sós, e só de meias, a tomar chuva). Às vezes, a cidade parece uma grande vitrine. E os objetos expostos são seus homens, mulheres, crianças. Dinamicamente expostos, às vezes. Nem sempre. Às vezes fixos, presos nos prédios, nos mil edifícios que a cidade tem.

O deus negro, objeto raro, chegou do Hades de noite, em tempo de chuva fina (halo noturno e molhado). Quis sair de manhã..., e guardou dois brincos que trouxe (presentes de Perséfone, enfeites da noite). Comprou objetos outros, adornos, e preparou seu cabelo para espantar o dia. Afinou seus nervos, aguçou seus olhos (às vezes, fixos; presos nos prédios, nos mil edifícios...), pendurou dois brincos c(l)aros neles, outros, desses para afugentar a noite de seus olhos. Lentes de contato.

O sol parecia um outro grande brinco a queimar as ruas...

E foi com olhos assim, verdes(-de-ver) (lentes), postos sobre os homens, que o negro objeto espantou os prédios (e os tédios fixos), dinamicamente. E ninguém o entendeu. Incomodou mil olhos, outros (brincos) de ver dia azul. Ele sabia que afugentava azul dia. E ria, lábios grandes expostos... Aquilo incomodava homens e prédios. Um negro deus de verdes olhos.

O olhar agudo verde-noite procurou, no alto dos prédios, nichos, apartamentos, janelas. E era difícil, porque havia brincos dependurados nelas, e nos olhos dele (tantos vasos, cortinas..., e havia a lente). Mas, diante da dificuldade, o deus colocava seu olho-lente mais para cima, mais ao lado, abaixo... Os prédios eram muitos..., a cidade poderia suportar seu olhar (suportar seu portar) mil vezes. Ao alto, ele viu antenas. A cidade arrepiara seus cabelos sobre os prédios. E captou sinais de vida perto, homens correndo nas ruas próximas. Eles passavam pelas ruas, atormentados, vestindo verde, fugindo dos hospícios. Nessa cidade, de verde se vestem os que fogem. E parece até que escondem objetos em algum lugar, exibem os prédios dependurados nos cantos dos olhos. São os objetos mais dinâmicos dentre as atrações do dia. Portam-se melhor (sim, são mais dinâmicos); de vez em quando se atiram pelas janelas..., e então são brincos que a cidade perde.

Dois brincos (o olhar agudo de um deus) continuaram a percorrer cabelos (seus nervos captando sinais), e entraram pela brecha de um andar superior. A janela recebia o sol tão bem quanto ele exibia a noite, na pele, nos nervos, em seus pêlos. Um prédio de homens, mulheres e crianças, alto...,

fixo..., um signo do dia. E por que o sol o iluminava tão mais...?
Força da cidade. Os brincos do negro pousaram ali, na janela,
e ficaram... Não havia plantas, cortinas, nada. Luz e espaço.

Nas ruas próximas, os homens faziam barulho (de verde
vestidos), atormentados pelo dia, por homens e por prédios.
Falavam muito, olhando pro chão enquanto corriam, entabulando conversações com os próprios pés (assim fazem os homens de verde), deixando os prédios lhes caírem do canto
dos olhos. Outros iam atrás deles (homens sem verde, de branco, donos do dia), para espantar e afugentar seus sonhos...
(objetos mais fixos, quase como prédios, atrações-de-sempre). Parecia que sabiam que os-de-verde-vestidos a si mesmo escondiam (e guardavam segredos, visões, brincos); um
pouco mais, e os prédios cairiam de seus olhos... A cidade
corria perigo.

E mesmo sem planta, sem nada que os convidasse, os
negros olhos entraram um pouco mais pela janela de cima e
tocaram uma sala... Só espaço e nada..., quase..., à esquerda... (o que será aquilo? É melhor subir... O zelador, desses
que a cidade tem, informará a hora, o dia, o número, o andar... A cidade dispõem de muitos dados).

(Zelador:) – Não é mesmo uma beleza, aquele apartamento...? (Num andar tão alto...) Ele está vazio (o senhor
quer alugá-lo?), mas o deixo aberto pro sol alcançar o corredor...

– ... à esquerda?
– O senhor tem bons olhos, apesar de negros...
– Meus olhos são verdes...

— Ah..., pois não..., não havia reparado...; verdes... de fato..., e parecem...
— ... o sol o alcança?
— Annn..., teus olhos?
— O corredor, à esquerda...
— Um pouco..., um tanto menos do que se pensa.
— O senhor pode me levar até ele?
— Até...
— Até o apartamento. Eu gostaria...
— Ah..., pois não..., de fato (são de fato verdes teus olhos...) o senhor quererá alugá-lo... (... e os julgo muito agudos...; como puderam ver da rua? Como pôde, negro?).
O negro tinha a impressão que sim. Quereria alugá-lo.

— Tomemos o elevador. É um pouco lento, reconheço, mas ajuda. Melhor do que subir degraus.
— Eu não me importo. Subo degraus também, mas faça como preferir.
— Por ele é melhor... Ajuda.
Por ele, o caminho era escuro; o elevador, úmido. Caminho assim fez o negro lembrar um pouco sua noite, o Hades (e ele pôs as mãos nos bolsos, segurando os brincos...)
À medida que subia, o elevador rangia (cantava sua dor), e parecia frio..., frio demais... (mais do que a noite que tem algum calor e range diferente). Ele parava em andares errados, e o zelador sempre descia; o negro acompanhava. Naqueles corredores não dava para se ver nada (e era dia), mais frios e escuros do que tudo. O negro ia aprendendo odores que um sol, lá fora, parecia impotente para alcançar. O zelador tateava as paredes frias (por certo tinha experiência) e buscava cheiros com o nariz, até confirmar o que temia o negro deus...:

— Andar errado. O elevador se enganou de novo. Mas, ainda assim, é melhor do que subir degraus (escuro demais), acredite.

O negro parecia acreditar.

Desceram ainda em alguns andares errados, o zelador tateando sempre paredes frias. E, então, aconteceu... O negro conheceu um outro engano, além daquele do elevador. O zelador também se enganava.

A certo andar, a certa altura, o homem-de-tato-e-nariz apalpou tudo, respirou muito e riu:

— Sigamos, parece aqui...

Essa falta de convicção impressionou mal o negro que passou, então, a olhar para os dedos e nariz do homem de outra forma, sem confiança. O homem, assim transfigurado pela desconfiança do deus (nariz e dedos trocados) seguia mesmo assim, mesmo sem ter certeza. Pisava devagar (tato delicado nos pés), como convém aos sem-certeza e seguia..., nariz à frente. Parecia que muitos seguiam os dois (de vez em quando, o negro virava-se depressa; só aquele-sem-certeza não desistia nem se virava, seguia).

O negro devia mesmo estar mal (o mal devia mesmo estar negro), pensava sentir seu corpo percorrido por insetos... (e sentia tirar, com dedos, insetos pensados sobe seu corpo mal). E quereria pensar melhor, sentir certeza do que tateava (corpo, insetos..., que lugar é esse ? Onde foi o zelador...?!)

— Ei-la..., parece... a porta... (o zelador ainda não tinha encontrado sua certeza, nariz em pé...)

O negro ouviu sua voz e foi..., seguiu tateando sons (voz do zelador), os insetos escorrendo pelo corpo... O zelador forçou a maçaneta, chutou a porta... o negro, atrás, farejou ruídos estranhos (chutes, empurrões), e o zelador pareceu perceber seu faro...

– É assim mesmo..., não se impressione...

O negro não se impressionaria.

O zelador continuou chutando, forçando (nariz sempre à frente, pés e mãos tateando duro), distribuindo consolos ao negro (que tinha seu corpo quase-roído por insetos pensados), e a porta não se abria...

Quase...

Mas não...

O negro quase não acreditava no que quase via... Quis até emprestar seus dedos e pés (seu tato) pra ajudar a forçar um pouco mais...

Quase...

Mas não...

O telefone tocou... (longe..., muito abaixo). Outro dever (o da portaria) tiraria o zelador daquele trabalho? O deus achava que não... Ainda ouvia chutes, mas quando quis dar seus dedos, seu corpo (pensado) já não existia..., todo roído.

O telefone tocava... (outro som pra tatear o ouvido), e o negro levou a mão (que não sentia) à frente do rosto (um rosto negro, mal pensado), procurou seu cheiro...

Quase...

Mas não...

O zelador jogou seu ombro (o direito) sobre a porta e, assim, nariz atrás, ele pareceu ficar em desvantagem... Tanto foi, que a porta pareceu ceder menos..., e o zelador, então, desistiu de vez. Até ele. E disse :

– Pensei chutar e esmurrar a porta, mas era só parede... Estamos em andar errado (tatear de novo, porta-parede mal p[r]ensada).

O telefone ainda...

Não..., só o último som do último inseto metálico a cair no chão, mais nada... O apelo da portaria (como um corpo negro roído) também já não existia mais. Haviam desistido de chamar o zelador a um outro dever. (O chão, agora, respingado de insetos..., asas metálicas, vozes mudas de telefones.)

O zelador tomou o rumo do elevador. O negro até pensou em tomar outro e descer pelas escadas, mas não o fez. O jeito era mesmo seguir o homem até a porta de entrada que já conhecia, a única no andar, pois o resto eram paredes.

Ouviam-se barulhos de empregados no andar de baixo... (os ouvidos do deus ainda conseguiam tatear), e esses sons eram, para aquele corpo escuro, sintoma de vida. Sim, o elevador ainda rangia seu canto doloroso, e os empregados faziam barulho em algum lugar (pareciam quebrar tudo, forçar maçanetas ou esmurrar paredes). Dentro do elevador, o zelador sorria um riso turvo (nariz acima) e comentava:

— Acho que dessa vez ele vai acertar.

Pelo canto não se podia adivinhar o que sentia o elevador (não se poderia dizer se ele acertaria). Mas o certo é que ele parou. Em algum lugar, parou de vez. Não rangeu mais. Quem rangeu dessa vez (um canto doloroso) foi o zelador...

— Ahhh..., não disse...?! (Como tanta certeza?! Acaso o homem teria afiado seu nariz, ou seus dedos?)

— Eu sempre sei quando chego... Eu sei sempre.

Não parecia. O deus não acreditava. (O nariz do zelador estava igual, e seu tato não podia ter se apurado assim). Mas era fato..., o elevador estava definitivamente parado. Havia tangido a última nota de seu canto. Essa certeza o negro tinha. E foi ela que o fez pisar pra fora...

Sentia que devia estar longe dos empregados, agora. Nenhum som. (Ou teriam caído também suas orelhas..., seus tímpanos roídos?!). Nenhum mesmo. Mas se seus pés ainda pisavam o chão, seu corpo deveria existir... (Ah..., como dói esse canto-de-pés-no chão..., como dói essa procura... Em seus sonhos, o deus sempre se via em corredores, sem achar nada: nem portas, nem seu corpo...).

– Nem precisa procurar, aqui já estamos... Eu sei.

A palavra do zelador acordou os ouvidos do negro. Seu tato estava inteiro (ouvia sons, pisava), ele também. Acordou seu corpo. Conduziu-o atrás do zelador-que-sabia. (Sua confiança também havia sido acordada).

Ele girou devagar a maçaneta...

– Pode entrar, meu negro..., eu sei...

(A cordialidade do zelador era estranha para o tato daquele que ia atrás..., um corpo de negro pintado).

... Veja! Teus olhos alcançaram tanto, lá da rua?

– Não..., meus olhos só puderam chegar até...,

...até...,

...até...

aquela parede... (a cabeça do negro se movimentava como um dedo afiado..., seus olhos também...).

Era menos escuro ali, vinha uma luz amortizada da janela, como quando o sol encontra uma cortina... Mas não havia... cortina, barreira... Mesmo assim, o sol devia ser filtrado, porque não ardia.

– ...aquela parede, está... verde...

(Serão suas lentes, negro?)

– Sim, ela está... (era com orgulho, nariz empinado, que o zelador confirmava).

Está sim... O sol quase não chega lá..., você deve ter visto da rua...

— Vi, sim... Vi algo... O sol não alcança..., parece... bolor...

— É sim...

(o orgulho do zelador estava expresso nos dedos que se mexiam).

É mofo...

Quererá alugá-lo? É caro, meu negro...

— Quero sim..., venderei meus brincos...

— Você os tem?! (O zelador, agora, gesticulava tudo...; confundia dedos com nariz...)

— Por que o mofo? (O deus deixou claro achar desnecessário confirmar a propriedade dos brincos.)

Por que tanto...?

— Os empregados nunca limpam este apartamento, deixam-no por último e não dá tempo...

(sempre já é noite quando chegam).

A umidade é muita, como pode ver...,

... e mesmo o sol não pode tudo...

(O zelador balançava cabeça e mãos, empolgado...)

As penúltimas moradoras mofaram aqui dentro, mancharam as paredes...

Eram duas virgens..., conversavam muito sobre o amor... Os vizinhos quiseram dinamitar suas conversas..., mas nem foi preciso..., as duas mofaram sozinhas, viraram pó.

— Entendo...

(O negro, de fato, entendia... Pôs as mãos nos bolsos, entregou os brincos para o zelador.)

— Como são lindos..., bastam para o aluguel, de fato...

(Como pôde, negro, ter brincos assim...?)

A última moradora, eu te conto, dançava muito, dançava bem...

Pisava os losangos do chão... Veja-os! Mas não pisava as baratas que vinham...

— As baratas vinham?

(O negro lembrou dos insetos roendo seu corpo.)

— Vinham, sempre vieram... Mas ela não as pisava..., dançava bem, era magra, leve...

O negro escutava atento. E os seus olhos mostravam saudades dos brincos, e a vontade de ver a dança da última moradora.

— Dançava bem...

(o zelador continuava a dançar seus dedos).

Sempre...

E vinham aves, pavões até..., mas ela só pisava os losangos do chão.

(Ali estavam os losangos no chão, inteiros.)

Naquele tempo, essa janela tinha um vaso...

(o negro sentia a perda dos seus dois brincos),

... ela sempre punha um vaso ali...

(O zelador apontou para o lugar onde a luz se amortizava...)

Eram flores de verdade... Lindas. Violetas, lilases. Gostavam do sol, mas não muito... Sol demais pode castigar as plantas, pode acabar com a dança...

Você me compreende...

(O negro compreendia que havia perdido dois brincos para aquele apartamento, que havia perdido o seu...)

— Flora (esse era o nome dela), um dia, num passo de dança, caiu da janela...

(os olhos do zelador adquiriam cor, só agora),

... um corpo caído ao chão...!

(Oh! O apartamento havia perdido dois brincos também..., e o deus só estava repondo a perda...)

Um corpo caído...

(a cor dos olhos do homem era múltipla, versátil)
... sem fazer barulho!

A moça era leve..., quase não tinha peitos...

Quase...

Caiu sem acordar ninguém. Foi de noite, iluminada com brilho próprio (não pedia nada emprestado pro dia). Caiu sem fazer barulho. Um corpo leve, quase sem peitos.

Na verdade, só pode ter sido assim...

(o zelador exibia um nariz pensativo),
... pois pela porta ela nunca saiu, nem desceu as escadas... (e nunca o elevador cantou pra ela dançar...).

Flora nunca pegou o elevador!

(os dedos do zelador pareciam surpresos, aterrados...).

Ela, nunca...!

(Ele nunca rangeu com ela dentro, e nem teve a chance de errar o andar.., não com ela...)

Flora sempre subiu todos os degraus (e deixou os peitos em algum lugar).

Essa foi a última moradora, por isso o aluguel é mais caro...

(se fossem as virgens...).

O mofo não é nada, você se acostuma...

(acostuma-se o seu nariz).

O verde é até discreto, como os desenhos losangulares do piso.

O zelador parou um pouco. Pensou. Mudou o nariz de posição. Arrematou:

— Creio eu que Flora deve dançar ainda, em algum lugar...

Talvez de noite, sobre losangos...

Parou de novo. Pensava mais, não dava descanso ao nariz.

– Os olhos dela também eram...
(verdes?!).
Ele parou de vez. Aceitou os brincos com seus dedos acostumados, mirou o deus com seus dois olhos transfigurados, e seus pés erraram os losangos ao sair dali...

O negro ficou no seu espaço, só. Solidão e mofo (verde até discreto), conversas-de-virgens impressas (verdes-discretas), e quase mil losangos pra pisar... A sala era grande. O deus gastaria alguns dias contando aqueles que ainda não pisara. A luz era boa (aquela, filtrada... que vinha da janela), boa para ouvir conversas (discretas-verdes, virgens), boa para pisar losangos, boa para escrever, até. De noite, ele arranjaria outra luz. Testou as instalações, tudo em ordem. Lâmpadas vinte watts, luz discreta também. Ele gastaria suas noites escrevendo (ele que não dormia bem), escrevendo sobre o dia.

No primeiro dia-noite, ele escreveu um texto.
Na segunda noite, ele o repetiu melhor...,
 e o fez quase-perfeito na terceira.
Os outros moradores não o viam, pois que não saía, só o ouviam escrever e cantar (ele molhara seu texto com música); assim, se preocuparam...; temeram que escrevesse sobre eles, que cantasse seus dramas dolorosos...
Mas não...
Era um conto/canto quase-perfeito (e isso já no terceiro dia), por isso não podia ser... O deus, os confortava com a voz, de dentro da sala, sem abrir a porta:
– Vizinhos, eu canto
(rastreadores-de-sons...,
 eu sei que estão a me escutar...)
mas a vida de vocês não me daria um bom conto.

Os vizinhos desconfiavam ainda assim.

No quarto dia-noite, o conto já era perfeito, e perfeitamente musicado. O deus o recitou pausado, leu as frases quase mil vezes, uma para cada losango. Ensaiava passos de dança, e nenhuma barata tinha vindo vê-lo...

Só os vizinhos a ouvi-lo, nariz-dedos-ouvidos colados à porta, quase mil vezes.

O corredor mofado, com suas conversas verdes, levava a um quarto escuro, com janela para os fundos, sem sol. O negro a abriu logo que chegou, no primeiro dia, e ela revelou, então, um pátio onde os vizinhos disputavam (disputas discretas), jogavam fatos, conversas, dados...; davam saltos ornamentais, os corpos dobrados... Ali eles se reuniam de dia (à noite reuniam-se à porta do apartamento), e nem olhavam para a janela dos fundos, quieta, sem sol. Por isso, o deus os conheceu logo no primeiro dia, sem ser visto. E decidiu-se a abri-la todas as manhãs, queria ver seus vizinhos disputarem quase mil vezes, até se tornarem perfeitos. E assim ele fez... (a dança de Flora ele demoraria bem mais para descobrir; teria de escrever muito, e cantar... Toda noite teve de repetir, até ficar melhor; pés sobre losangos, aprendendo tudo).

Quarta manhã... Havia novilhos no parapeito, novilhos novinhos... Percorreram caminhos de noite (os homens de verde os ajudaram), e vieram se alojar ali. Seriam abatidos (o dia é implacável) por quase mil homens... Novilhos tão tenros, quietinhos, dormindo no parapeito... Ninguém nunca olhou para a janela dos fundos, portanto ali era um local seguro.

(Embaixo, no pátio, os vizinhos jogavam...
E como progrediam!)

Os novilhos descansavam no espaço estreito, quase duros. O negro os acordou, devagar (com delicado tato), e os

pôs pra dentro, todos. E couberam no quarto, porque eram
poucos. Na quinta manhã, já eram muitos. (A sala começou a
ser ocupada, no corredor já não cabia mais nada.) Na sexta
manhã, eram mais... (os vizinhos faziam progressos notáveis
em suas disputas). Chegavam sempre, de forma que a sala já
estava toda ocupada, todo losango pisado... (e a dança já estava completa). A essa altura, o canto já lido e repetido (exercitado mais de mil vezes), estava mais-que-imperfeito, ponto
exato. E não deixaram de vir outros novilhos na sétima manhã. Mesmo sem espaço. Ficaram na fila, no parapeito, quase
duros. (Os vizinhos jogavam como nunca...; de noite, se reuniam à porta...) O negro já parara de escrever (o conto já estava pronto), e os vizinhos não mais ouviam nada...; ...se
impacientaram. Na sétima noite (quando Deus descansou),
eles se cansaram... E quiseram entrar.

Forçaram a porta (tatos duros, boa disputa), a coluna de
bois a postos na sala. (O negro recitava uns trechos do seu
canto pronto.) Os homens disputaram tanto que acabaram
conseguindo entrar na sala escura... (o negro havia apagado
as lâmpadas, discreto). A multidão de bois pôs-se a buscar a
porta que se abria...
        (E como dançavam bem!!)
     Eram já bois crescidos
          (novilhos novinhos já entravam atrás,
   vindos do parapeito...;
          e cresciam depressa...)
   dispostos em colunas,
        fortes bois...
        (o negro entoava os trechos mais dramáticos).
   E eles não erravam o caminho (todos buscando juntos,
bem ensaiados...). Jogavam-se com força em direção à porta

(e eram mais de mil..., os outros esperando...), os vizinhos iam sendo atirados por onde quiseram entrar... (estavam perdendo a disputa). Novos novilhos não paravam de chegar, porque era noite.

Os vizinhos desciam agora, pela primeira vez,

                os degraus que Flora havia subido...,
os bois atrás...
E eles desceram no escuro
        (o elevador já nem cantava),
    lembrando-se dos seus sonhos
        (o cheiro dos andares invadia seus sonhos),
    querendo salvar ao menos algum...
Os bois desciam juntos, sem perder o ritmo... (novos não paravam de chegar...), dançavam bem... O negro alcançava o clímax da recitação e do canto (até Deus descansou nesse momento..., os homens, não).

Os bois enfileirados não erravam o caminho (também sabiam disputar). Os vizinhos se atropelavam pelos degraus, se lembrando de suas mães, querendo salvar ao menos alguma
    (Fortes bois, que a dança não
    esqueceram...,
            já três mil...
            Foram apertando o ritmo...)
Os vizinhos descendo pela portaria, gritando pelo zelador...
    (o negro recitando as últimas estrofes,
    novilhos esperando no parapeito, prestes a crescer).
Os bois em marcha desaguando prédio abaixo,
        pelas escadas (fortes),

pelo caminho inverso do que Flora fez...
E ali estavam eles, a apresentar as lições de dança,
                    patas jogadas à frente,
                                colunas...
        (até Deus já teria parado).
    Alcançaram a portaria
            (muitos)
e já foram saindo pela porta do prédio... (novos bois chegando
à sala, todos ensaiados; o negro ensaiava uns versos finais...).
Os vizinhos gritando (não sabiam dançar), querendo salvar
seus corpos, seus dedos, ao menos algum.

Em algum lugar,
        Flora devia dançar ainda, dança noturna
        (o negro voltava a recitar os primeiros versos).
E a multidão de bois
                (já eram dez mil),
                a escorrer pela porta,
                a deslizar nas ruas
                            (a dança era essa!!)
iria atrás da noite buscar a deusa sem peitos,
como insetos a roer o corpo da cidade...

Da Antítese da Bomba de Nêutrons

(ou "Do Retorno de Pã e Atys")

Quando já era grande o estrondo lá fora e a gritaria nos prédios, as portas da prisão se abriram pelas mãos dos deuses, e desceram os vigias em desabalada corrida... Saiu, então, o menino para aquele encontro de natal; calado, imaginando derrubar as construções ainda de pé com cabeçadas, desfazer a cidade, desmontá-la em suas pedras originais. E deixar pessoas intactas, como uma antítese exata da bomba de nêutrons. E, andando assim, ele viu montanhas de flamingos crescendo e se afastando, alargando e definindo os limites de um jardim circular, de um presépio no qual a cidade se transformava... Naquele passeio redentor em direção ao centro, à árvore, ele via mulheres se despirem de lenços, cachecóis, panos e embalá-los como crianças recém-nascidas, um eco de deus nos braços de cada uma.

De cabeça baixa, o menino atropelava as procissões católicas. Os coroinhas, precocemente envelhecidos, olhavam-no como que para um rosto já visto, os pêlos crescendo, rosto já quase esquecido...

("Mandem avisar que o grande Pã morreu...")

Depois se benziam, se persignavam e agitavam as matracas que puxavam os fiéis.

E por ser época de festas, agitavam-se rosas e danças, pintavam-se umas às outras as pessoas que escapavam da ruína, com pós de cores brilhantes; faziam girar lâmpadas a óleo, tremulantes; tremeluziam as almas e as velas e as intenções sagradas nas bocas. As casas da cidade, as que escapavam das dores, recebiam pintura nova. Animais e deuses chegavam para conferir tudo...

E todos iam cercando uma grande árvore, como quem cerca um filho esperado; posto ali, Atys, no centro do presépio, pela mão de Cibele e pela vontade de uma criança.

Onan roçou seus olhos pelo vale e por uma cidade quase deserta, quase vazia, quase sem alma... Teve vontade de estar no centro daquele quadro, apresentando cada flor entre seus dedos, tocando a alma de cada coisa.

Viu um vasto mar sobre sua cabeça..., debruçou-se, nunca havia se relacionado assim com o céu; inteirou-se das pedras, do espaço, dos dedos do vento... Os vultos de mulheres enfileirados, não os pôde distinguir, pelos olhos úmidos, emocionados..., mas eram luminosas, eram rosas como danças de flamingos, silenciosas como garças...

Porque nós vamos criar céus novos e uma cidade nova; não persistirão na memória as antigas calamidades, nem voltarão mais ao espírito. Mas vós folgareis e exultareis para sempre naquelas coisas que vamos criar; porque vamos fazer desta cidade, uma cidade de júbilo; e do seu povo, um povo de alegria. E não se ouvirá mais nele a voz de choro, nem a voz de lamento. Não haverá mais ali, menino que viva mal, nem menino que viva poucos dias, nem velho que não encha os seus dias; porque o menino morrerá de cem anos. Edificarão casas e habitarão nelas; plantarão vinhas e comerão o seu fruto. Não lhes sucederá edificarem eles casas e ser outro que as habite; nem plantarem para que outro coma; porque os dias de nosso povo serão como os dias das árvores que duram muito...

FINIS OPERAE

Das Observações Finais, ao Modo de Posfácio

Ninguém fere com as mãos pedra alguma. Ninguém sequer arranha o rosto desta cidade. Somente podemos decifrar-lhe os contornos com os dedos, sentir a imprecisão das formas pelas mãos. E temos um prazo para isso. Qualquer que seja o prazo que nos dêem. O nosso prazo é dado pelo sentimento de urgência.

As pessoas ficam intrigadas e nos perguntam por que utilizamos assim o nosso tempo, tateando paredes, sentindo as pedras... As pessoas ficam sempre intrigadas. Com nossas mãos longas, nosso vicioso refinamento, nossos amigos e nossas mães muito intensas, ávidas, saborosas... Perguntam por que gostamos de olhar para mulheres conversando, por que gostamos das luzes fracas, por que não abdicamos de nossos modos infantis, por que fazemos caricaturas das situações; por que não lavamos as mãos depois de espremer insetos, por que suamos quando está frio e trememos quando o sol alcança o zênite. Porque nos embriagamos com leituras e reuniões, e depois vagamos sós, quase inconscientes, esquecidos de nós.

As pessoas querem fazer perguntas históricas: saber quando foram comuns os saraus, quem melhor exibia seus dotes no cravo ou na dança, quem melhor encarnava o *espírito da época*... quem tinha mais recursos para fazer tais e quais cousas.

Certo está que isso constitui valioso conhecimento. Mas quando crianças já aprendemos tudo quanto nos servirá para a vida.

Neste texto, as palavras dos deuses são, sobretudo, extrações, transformações, adaptações das palavras de Isaías; porque as palavras de um profeta são espírito, e o espírito sopra onde quer. Há, também, uma passagem de Ezequiel, transfigurada, e um trecho de Mircea Eliade (profeta moderno), onde ele descreve o passeio das mênades. Quando há lacunas nas elocuções divinas (porque profetas e deuses também engasgam, gaguejam), o redator as preencheu entre colchetes, em letra distinta. Quanto às gagueiras do próprio redator, os deuses as remediarão no tempo devido, com granizo, chuvas de cinzas, línguas de fogo.

Relicário e Presépio: uma Súmula dos Deuses, Animais, Cores e Ofícios Sagrados

Rituário e Presépio,
das Sedula dos Pepises,
Animais, Cores e Ofícios
Sagrados

Araras – Designação comum às aves psitaciformes, psitacídeas, todas de grande porte, cauda longa e bico muito forte. Tão fortes quanto seus bicos são o seu poder de recuperação de feridas, danos morais e capacidade de cicatrização rápida, verdadeiramente espantosos. Animais silvestres, mal adaptados à vida urbana, aves vistosas de magnífico grito, belas e dignas. Há as amarelas, vermelhas, rubras e violáceas, trepadas em árvores ou em qualquer lugar que lhes aprouver, desde que se sintam amadas e bem recebidas. Também são conhecidas por cadelas-do-paraíso e outras designações diversas, algumas estranhas ou torpes. Estas últimas alcunhadas pelos que não possuem informação ou sensibilidade zoológicas.

Atys – Deus dos antigos frígios, na Ásia Menor, jovem pastor de meiga e maviosa voz, amado por Cibele. Esta o teria feito perder a razão por ciúme e ele, então, teria se castrado, mas tudo parece ter se dado mais por um mal-entendido e remorso desmesurado do jovem tão viril quanto ingênuo, uma vez que Cibele nunca foi dada a ciúmes, seus gestos são benignos, e ela compreende bem os encantos da formosa Sangáride, objeto da suposta traição. A castração de Atys deveu-se, assim, inteiramente, à sua própria culpa de cantor ainda preso aos velhos cânones da dívida de amor e da fidelidade conjugal, quando trocou a grande mãe pela adorável ninfa. Pouco se importando com a traição, Cibele mais se consternou foi com a culpa e com o gesto desastrado e antiestético do rapaz, tanto que o redimiu fazendo-o nascer como árvore magistral (nobre carvalho) no centro da cidade que, desde então, leva o seu nome. A vida urbana viu-se, ali, transmutada num magnificente presépio em forma de jardim. Um conluio entre deuses (Pã, Flora, Cibele) libertou, enfim, Atys de seu passado de culpas e mutilações auto-impostas, colocando-o no lugar devido por seus próprios méritos, atributos e bom gosto.

Avestruzes – Aves estrutioniformes, com seis espécies conhecidas. Seres emplumados e pernaltas, muito vivazes, mas que se constrangem facilmente na presença de religiosos e lugares de oração. Partidários de folguedos e danças em grupo, nessas ocasiões saltitam com extrema elegância, quase como gazelas, ora num pé, ora no outro. Tal dança é a própria expressão da alegria e da exuberância, mas incomoda a muitos, incapazes de assimilar jeitos inusitados de andar e de mover o próprio corpo no mundo. Os avestruzes são onívoros, o que quer dizer que comem de tudo ou não escolhem muito bem o que comem, o que também causa consternação geral. Dos gansos selvagens, fala o I Ching: ..."E quando suas penas caem, podem ser utilizadas como ornamentos nas pantomimas das danças sagradas nos templos!" E poderia ser dito quase o mesmo desses avestruzes: suas plumas também se prestam a belas danças e pantomimas, um tanto mais profanas, certamente. Plumas que eles exaltam até delas se desfazerem em saracoteios, bamboleios e saltos ornamentais.

Balé (do francês *ballet*) – Representação dramática em que se combinam a dança, a música, a pantomima; bailado. Parece tratar-se exatamente do gênero de espetáculo concebido pela deusa Flora, reproduzido mais tarde por um negro vindo do Hades, e coreografado por fortes bois recém-nascidos, prematuros. Um *ballet* que conjuga em si tantas dimensões (a pantomima, a música, a recitação, o rito rítmico, o coro) muito faz lembrar o ditirambo antigo, onde a parte principal era recitada pelo cantor ou corifeu, e a outra (propriamente coral ou coreográfica) executada por sátiros, faunos e animais diversos. Tudo como uma homenagem entusiástica ao alegre e temperamental Dioniso.

No *ballet* sagrado, deuses e animais se conjugam para a transformação de todas as coisas e da própria vida, dos dias e das noites. Para tal propósito, incorporam-se ao bailado os diversos movimentos e achaques da vida prosaica, sutis e grosseiros, os gestos epilepitóides e parkinsonianos, a dança de São Guido, cantigas de roda, caprichos marítimos, tremores de mênades e sussurros de ninfas, interjeições das hamadríades, pruridos, danças folclóricas de gnomos, ritos animais de cortejo e acasalamento.

A dança do boi ou bumba-meu-boi parece ter alguma relação com o *ballet* aqui citado, por também se tratar de um evento popular, ao mesmo tempo cômico e dramático, algo buliçoso, com personagens comuns e fantásticos, quiçá divinos. As peripécias de ambos os espetáculos também giram em torno da morte e ressurreição – num dos casos, morte e ressureicão de um boi; no outro, de um deus-árvore. Esta dança do boi recebe vários outros designativos, quais sejam o de Boi-Bumba, Boi de Mamão, Boi-Surubim, além do curioso epíteto de "Cavalo Marinho", o que ilustra um raro caso de metamorfose animal.

Cacatuas – Designação comum a diversos papagaios de porte vultoso, da família dos psitacídeos, cuja plumagem, segundo as espécies, é branca ou cinzenta, vermelha ou negra. Têm o bico volumoso, a cauda curta e um penacho grande e erétil. Pelo que se depreende de seu compotamento, o bico volumoso serve-lhes para bem falar, e sua índole parece ser tão erétil e viril quanto seus penachos. Quanto às funções da cauda curta, são diversas as especulações, nada concludentes.

Cerimônia do Chá – Antiquíssima cerimônia de tradição chinesa, remodelada pelas mãos e pelo paladar de Onan, transformada, assim, em ato hipnagógico e divinatório. Em tal cerimônia, os mistérios da vida parecem desfilar todos em uma xícara de chá, como um livro aberto ou um filme em branco e preto. De fato, no início as cores se amontoam um tanto, mas, quanto melhor e mais precisa a focalização do oráculo sobre a bebida, menor o número de cores apresentadas nas cenas vistas, até se chegar à maestria e concisão do branco e do preto, os tons que melhor expressam a vida e a verdade. Tudo é visto e entendido, então, como um curta-metragem em exiguíssima tela, e a visão do oráculo parece dar conta de miríades de coisas, reunindo tanto os vivos quanto os mortos, e mesmo os que ainda hão de vir, em cenas de tocante e singela tensão dramática. Exatamente como convém a um rito a um só tempo tradicional e novo, sóbrio e poderoso.

Cibele – Deusa sensual e magnânima, de espírito muito mais festivo do que os deuses-pais onitroantes, a se julgar pelos ritos orgiásticos que se patrocinavam em seu nome; seu culto era festejado entre 15 e 27 de março e celebrava as histórias entrelaçadas de Cibele e Atys.

Dioniso – Deus da vegetação, da cultura da vinha e da figueira, da geração, do vinho e da embriaguez. Filho de Zeus com uma mortal, Sêmele, comporta, assim, a união entre o divino e o humano e o transporte do humano para o divino, através do êxtase, do arrebatamento, do entusiasmo. Sua origem encontra-se, certamente, em um deus campestre da Trácia, cujo culto incluía mistérios e iniciações. De humor complexo, mas fundamentalmente generoso e bom, às vezes se embriaga um pouco em suas tantas viagens, já que se trata de um deus nômade, sem morada fixa ou "lugar onde repousar a cabeça". Apascenta panteras e touros e, em suas andanças, costuma ser visto seguido de alegre cortejo de sátiros, silenos, mênades e de diversos animais lépidos e saltitantes. Apesar de muito amado, outras vezes perambula só, e mesmo nessas ocasiões canta, dono de uma bela voz.

Flora – Deusa romana da vegetação e da primavera. Além de abrir flores, ela se esmera em atos de dança que, ainda que silenciosos, não são menos nefastos que os de Salomé, capazes de atrair insetos e diversos espécimes animais. Exímia bailarina, musa distante, seios discretíssimos.

Galo – Gênero de aves galináceas, de cristas carnudas e asas curtas e largas. O macho da galinha doméstica. Animal robusto, viril, belo, forte, impávido colosso, de penas com reflexos metálicos, apresenta a cabeça ornada de uma crista e carúnculas carnosas, a cauda recurvada em penacho com as retrizes em forma de foicinha.

Os chineses identificam no galo certas virtudes clássicas, expressas nos atributos do porte, comportamento e morfologia do animal: sua crista em forma de pente simbolizaria a erudição literária; as esporas sublinhariam seu espírito guerreiro; sua prontidão para a luta e defesa do território denotaria coragem; seu canto ao encontrar alimento seria indicativo de uma benevolência abnegada; e seu instinto, preciso e confiável no que diz respeito a horários, comprovaria uma pontualidade ilibada. Tratar-se-ia, portanto, de ave exemplar, de caráter límpido e nobres feições.

Mas não há nada de irretocável sobre a terra. Apesar de erudito, heróico, abnegado e pontual, o galo pode trazer coisas funestas em seu rastro, e a traição do apóstolo Pedro é o exemplo mais famoso disso. Galo cantando fora de hora é moça que foge de casa, além de significar mau agouro. Galo preto dá azar e, cantando no escuro, pressagia trevas e infelicidade para uma cidade inteira. Seu canto na madrugada também é inoportuno, pois assombra o leão, atrai os demônios, e acorda os homens. Crê-se que, depois de certa idade, esquece o sexo e passa a botar ovos, dos quais não nascem pintinhos pequenos e sim brasiliscos, lagartos fabulosos de olhar fulminante, danosos ao ecossistema.

Heráclito e Parmênides – Filósofos pré-socráticos, o que tanto os situa antes de Sócrates como alude a um modo de refletir sobre o mundo. Pensadores sempre preocupados com questões como a ordem imanente do mundo, com a natureza desta ordem (se cíclica, sempre viva e mutável, ou se permanente e imóvel), preocupados com a plenitude e o movimento, o ser e o devir.

Heráclito, nascido em Éfeso, e cuja vida transcorreu entre 544 e 480 a.C., é cognominado "o obscuro", pela forma aforismática ou sibilina de seu pensamento. Parece ter se tratado de homem isolado, tido por arrogante por seus contemporâneos, e pouco afeito às atividades sociais e políticas. Um solitário, enfim, isolado dos homens por sua muita e sibilina sabedoria, por sua visão capaz de apreender o aspecto cíclico da existência, a eterna alternância dos contrários, e a natureza dinâmica e fluida do mundo, como um fogo que transforma-se sem cessar. Até hoje, ainda se fala nesse sujeito obscuro e recolhido.

Seu contemporâneo Parmênides, nascido na Eléia, Magna Grécia, priorizou o ponto de vista que sustenta uma certa substância ou imobilidade do ser e da vida, que subsistiriam a todo devir e a toda mudança. Sujeito menos obscuro e mais adaptado, sua vida transcoreu entre 540 e 450 a.C.

Assim, numa primeira olhada míope, o ponto de vista de um pareceria o contraponto exato das obscuras idéias do outro, apresentando as perspectivas do ser e do devir, respectivamente. Acontece que, numa dialética mais sofisticada, tal oposição se resolveria, ser e devir pareceriam verso e reverso de um único fenômeno e poderíamos conceber todo vir-a-ser como um dinamismo intrínseco ao próprio ser. Poderíamos, ainda, pensar um padrão permanente em toda ciclicidade ou em todo ritmo. De qualquer forma, são temas candentes que requerem, além da sofisticação dialética, acuidade imaginativa ou lentes bifocais. Temas áridos para mentes experimentadas, e não assunto para crianças.

Parmênides e Heráclito parecem inaugurar e epitomizar clássicas proposições de temas inconciliáveis, que se desdobrariam profusamente e alcançariam fama e reputação ao longo de toda a história da filosofia ocidental, desde aqueles tempos de antanho.

Insetos – Animais artrópodes, da classe *insecta*, cujo corpo é dividido em cabeça, com um par de antenas, e tórax, com três pares de patas. Asas ausentes, ou em número de duas ou de quatro, respiração por meio de traquéias. Na maioria são terrestres. Há também os insetos subcutâneos, insetos imaginados ou sonhados, insetos sem nome, insetos que se alimentam de fotografias respeitáveis, corpos respeitáveis ou mal pintados, sonhos turbulentos. Há insetos a corroer imagens, expectativas, narizes, mãos, insetos a povoar delírios. Há bois-insetos a roer o corpo da cidade. Há insetos metálicos, cujas asas tilintam ao bater.

Traças são insetos da ordem dos tisanuros, com cauda em cerdas, sem asas, tamanho pequeno a médio, corpo mole, com dois ou três apêndices caudais. Peças bucais adaptadas à mastigação, sendo que a maior parte dos tisanuros se alimenta de restos de matéria vegetal: papéis, cascas de árvores, cortiça, fibras de tecido. A maior parte das espécies é encontrada em lugares úmidos, sob cascas de árvores, sob pedras e folhas ou em ambientes similares. Traças e insetos em geral são atraídos pelo bolor, pela falta de luz, por conversas mofadas e passos de dança. O controle dos insetos é necessário em qualquer lugar onde se tornem tão abundantes que entrem em competição com o homem.

Jesus Cristo – À medida do correr do tempo, especula-se sobre o seu caráter de messias ou impostor, e, hoje, em tempos de miopia, já não se divisa bem seus contornos. Em cidade de Atys, parece tratar-se de um rei solitário e de olhos fundos a morar num aquário de vidro.

Lila – Termo sânscrito que significa "jogo" e que é usado para definir o cosmos na perspectiva de um jogo ou passatempo de deus, de um folguedo divino.

Entre os deuses, há alguns folgazões e outros menos. Krishna, por exemplo, parecia bastante afeito a entretenimentos salutares junto às gopis, suas adoráveis pastoras, bem como com a sua flauta. Também se conta que gostava de adornos e adereços e, no todo, sua aparência soava algo andrógina.

Quanto aos outros nomes citados no capítulo 38, onde o conceito de Lila é apresentado (Tritêmio, Peter Greenaway, Ramon Llul ou Gerald Thomas) não se trata propriamente de deuses, mas de meras pessoas que já trataram os fatos da vida ou da arte como se fossem um jogo de análise combinatória ou um passatempo. Trata-se, enfim, de seres que, apesar de não serem deuses, julgaram sê-lo em algum momento, em meio aos seus devaneios e jogos, tais quais crianças entretidas com seus aquários.

Losango – Quadrilátero plano que tem os lados iguais, dois angulos agudos e dois obtusos; rombo. Emblema artístico (talvez um presente de Terpsícore ao mundo), serve de marcação no solo para se ensaiar passos de dança. Por ser, de certa forma, a estilização da genitália feminina, pode ser tomado como um signo do triunfo feminino, na dança ou na vida. Visto nessa perspectiva, o losango se alça à altura de um signo sagrado. Na China, é um emblema corrente que simboliza a vitória. Também aparece no traje do arlequim.

Mishima, Yukio – Talvez o principal escritor japonês do século XX, nacionalista de ultradireita, saudoso dos tempos dos samurais e da antiga reverência ao imperador e aos valores tradicionais do império. Protagonizou uma vida um tanto histriônica, teatral, ao mesmo tempo caricata e épica, que culminou em um suicídio ritual ou *sepukku*, como gesto de desagravo pela perda da alma japonesa dos antigos *bushis* ou guerreiros leais à monarquia e à honra nacional. Narcisista, homossexual, auto-idólatra, teve a sua primeira ejaculação diante de um quadro de Guido Reni, o *Martírio de São Sebastião*, onde aquela figura musculosa e flechada avivou ou explicitou tanto sua natureza homossexual quanto sadomasoquista. Hábil no manejo com espadas, alcançou o 4º Dan no Kendô, arte marcial japonesa de combate com espadas de madeira. Mas preferia as genuínas, de lâmina cortante.

Mistério da Santíssima Trindade – Sacratíssimo e novíssimo mistério revelado a Onan pelos deuses, e que relaciona três termos numa equação sagrada: menino, árvore e deus. Parece ligar Pã a Atys, e o nascimento deste último no centro da cidade parece ser a epítome deste mistério.

Naher / Negro do Hades – Um corpo negro mal pintado, profeta vindo do Hades, de pele escura e obscuro ele também. Seu nome sequer é citado no texto, mas ei-lo aqui, rastreado e inserido em *post-scriptum*. Um personagem menor, provavelmente árabe a se julgar pelo seu nome, talvez um dos muitos condenados ao inferno por Alá, cujo único profeta é Maomé. Chega à cidade como um ator coadjuvante, sem querer chamar a atenção sobre a própria condição obscura, e parece rastrear Flora sem saber muito bem o que faz. A paradoxal decisão dos deuses recaiu sobre ele, por ser uma espécie de antimessias ou o avesso do que se esperaria de um. De qualquer forma, sua ação notívaga e desajeitada acaba por ser decisiva sobre os acontecimentos apocalípticos que se seguem, e para a transformação da vida urbana num presépio pagão.

Onan – Personagem bíblico mencionado no Gênesis, cap. 38, adepto do coito interrompido. Em cidade de Atys é um profeta que chega ao mundo não muito bem preparado, e que só depois de muitos atos masturbatórios alcança compreender a tarefa que os deuses lhe querem designar. Seu principal sermão é feito numa antena de televisão.

Pã – Deus dos pastores da Arcádia. Perseguia as ninfas em colinas cobertas de árvores, com seus cascos de bode, aterrorizando as pessoas a quem aparecia de surpresa. Sua morte foi anunciada nos tempos de Tibério, mas, a se julgar pelo estrago que faz em cidade de Atys – sob a atualíssima forma de uma criança – ele está vivo e passa bem.

Pardal – Ave passeriforme, da família dos ploceídeos (*passer domesticus*), da região paleártica, de coloração bruno-parda com tonalidades ferrugíneas. O macho tem mancha preta que abrange a garganta e o peito, e as asas malhadas de preto com listras brancas; a fêmea, coloração uniforme, mais acastanhada.

Possui pouca ou nenhuma utilidade prática, por quase não se alimentar de insetos. Chega a ser nocivo, porque gosta de grãos e sementes de gramíneas. Sua má-fama também decorre de perseguir outros pássaros, destruir-lhes os ovos e matar-lhes os filhotes. É inimigo desalmado do tico-tico. Trata-se, enfim, de pássaro inoportuno, inconseqüente, leviano. Diferencia-se do galo tanto pela ausência de porte, quanto pela total falta de compostura. Apesar disso, foi introduzido na bela cidade do Rio de Janeiro, em 1903, pelo prefeito Pereira Bastos. Originário da Ásia, o pardal demonstrou perfeita adaptabilidade ao Brasil e, com seu temperamento agressivo, expulsou as outras aves do Rio de Janeiro, espalhando-se rápida e insistentemente pelas outras regiões do País.

Não se sabe quando foi introduzido em cidade de Atys, ou quem o tenha feito. Mas deduz-se que os propósitos foram divinos, ainda mais por sua aptidão para o canto e para a iniciação nos mistérios dionisíacos. O espécime tratado com tanto zelo pelo menino Pã (a ponto de ser introduzido num aquário) deve tratar-se de um *Melospiza Melodia,* pássaro americano muito apreciado (pardal cantador) por cantar alegre e jovialmente. Espécime de bastante vivacidade e de pêlo um tanto arrepiado, como se estivesse respingado dos restos de festas, dos licores e da falta de sobriedade urbana.

Pavão – Ave galinácea caracterizada por plumas caudais eréteis e magnificamente ornamentadas, no macho. A fêmea, ou pavoa, não tem cauda tão vistosa nem tão comprida. Além da bonita roupa e bela plumagem verde com reflexos metálicos, o pavão ostenta cem a cento e cinqüenta plumas caudais que se erguem em leque vertical quando a ave abre a cauda. Originário da Índia e do Ceilão, é criado na Europa desde a Antiguidade devido a sua beleza. Foi posto na terra desde os primeiros dias, tendo participado do esforço divino pela preservação das espécies no tempo do dilúvio e de Noé. Volta agora, triunfal, à cidade de Atys, no tempo dos últimos dias, tempo derradeiro, dias de apocalipse e transformação. Já era tido, aliás, como emblema de ressurreição entre os cristãos primitivos.

A carne do pavão era considerada "a carne dos bravos", e era costume servi-la aos nobres e cavaleiros antes de um empreendimento que denotasse coragem, bravura. Isso na Idade Média.

As pavanas, graciosas danças de salão ou corte, de origem espanhola ou italiana, parecem bem propícias a pavonagens e pavonices. Já as rapsódias e concertinos não favorecem tais atos de exibição. De qualquer forma, pavonear-se é demonstrar ares soberbos e gestos garbosos; é caminhar com afetação, o que não é gesto recomendável, seja nos salões, nos saraus, nas repartições ou nas praças públicas.

Nas moedas romanas, o pavão designa a consagração das princesas, assim como a águia designa a consagração dos césares.

Pecado Original – Mistério revelado ao menino Pã em sonho e cuja essência consiste em carregar, ao longo da história, a própria infância como um réptil enrolado. Tão maldita tarefa nos dificultaria seguir a própria vida, bem como subir escadas.

Poodles – Cãezinhos frágeis, mantidos a salvo pelas hábeis mãos de madames zelosas ou de psiquiatras que se esmeram em protegê-los e enaltecê-los, designando-os por epítetos que os encorajam a vencer na vida (*The strong one*, *The brave one*, "o forte", "o bravo", "o valente"). Educados para não reconhecerem sua natureza simultaneamente animalesca e frágil, mas, pelo contrário, para se considerarem membros da família, são bem penteados, bem vestidos e comem à mesa com seus donos. Enfim, seu delicado equilíbrio emocional é garantido tanto pelos zelos burgueses quanto por cuidados médicos especializados.

Poussin, Nicolas – Pintor francês. A execução esmerada e concepção refletida de sua obra, fazem-no o principal representante do classicismo naquele país.

Preto-e-Branco – Simplesmente, as cores que melhor retratam a vida.

Reni, Guido – Pintor italiano, autor de pintura religiosa um tanto sentimental, foi idolatrado no século XVIII e na primeira metade do século XIX, até cair em descrédito. Parece ter certa fixação ou predileção pelos martírios. Sua cena do martírio de São Sebastião tem o indiscutível mérito de ter feito Yukio Mishima descobrir o entumescimento do seu pênis, seu homossexualismo e o prazer inaudito do ato masturbatório.

Salomé – Princesa judia, filha de Herodes Filipe e de Herodíades. Esguia e vaidosa, hábil na dança e nos trejeitos, parece ter se envolvido num lamentável episódio relativo à decapitação de João Batista. No Hades, lugar escuro e frio onde foi instada a viver, por seus pecados e equívocos, parece se dedicar a atos mais abnegados e meritórios. Entre eles, o de emprestar seu reluzente espelho para Onan, para que o mesmo ensaie expressões faciais mais dignas que as de um onanista. Se a vaidade da princesa lhe rendeu exemplar punição no outro mundo, parece ter lhe trazido dividendos neste e, desta forma, Salomé se tornou personagem de uma novela de Flaubert, de uma peça teatral de Wilde, de uma ópera de Richard Strauss, o que muito lhe envaidece, certamente.

Trabalho – Aplicação das forças e faculdades humanas para determinados fins. Esforço incomum e/ou esforço coordenado, luta, lide, labuta, labor, faina, tarefa, obrigação, responsabilidade. Há trabalhos braçais, que demandam vitalidade e força muscular; trabalhos de fôlego, difíceis ou extensos, que exigem capacidade, disposição, coragem. Os trabalhos forçados são punições aos criminosos ou aos muito pobres. Há trabalhos voluntários, gestos de abnegados ou de ingênuos. O trabalho de Sísifo é esgotante e inútil, pois uma vez terminado (ou quase) se tem de recomeçar. Também há trabalhos-de-parto, esses também cada vez mais difíceis e improdutivos uma vez que, hodiernamente, as crianças se recusam a nascer e as mães já não parem com o antigo gosto e facilidade, como ainda o fazem as galinhas.

Querem que o menino Pã trabalhe num ofício respeitável, engenharia de aquários, mas na verdade tudo o que ele consegue é devanear e escrever mal traçadas linhas, ao modo pitagórico, ofício este bastante questionável e improfícuo, segundo a opinião geral. De qualquer forma, ainda que o trabalho seja considerado digno e nobilitante, "dar trabalho" a alguém continua significando, também, causar transtorno e preocupação a outrem. E o que é trabalhoso é o que exige cuidados e reflexões.

Verde – A cor mais comum das ervas e das folhas das árvores, a cor da esmeralda; o termo também é aplicado a algo que ainda não está maduro, tenro, fraco, delicado, ou a algo relativo à meninice ou aos primeiros anos da existência. Há muitas subcolorações ou gradações no verde, de verde-água ao verde-abacate, passando pelo verde-limão. Parece ser a cor de duendes da água, ninfas e fadas, forças que enfeixam a liberdade, o prazer de brincar e o questionamento da autoridade. Peter Pan, Robin Hood e outros tipos de verde vestidos parecem encarnar este saudável espírito do fora-dalei, daquele que não cresce e/ou subverte a grandeza. Em cidade de Atys, os "tipos de verde" são personagens dinâmicos, as mais dinâmicas atrações do dia, que entabulam conversas com os próprios pés e refletem as cenas urbanas nos cantos de seus olhos cabisbaixos. São hábeis em conduzir novilhos ao parapeito de uma janela.

Zelador – É o que zela por algo, também chefe de uma confraria, congregação ou grupo religioso. Assim, por exemplo, o pai de santo é o zelador dos terreiros de candomblé. Em cidade de Atys, o zelador é aquele que apura todos os seus sentidos para localizar o apartamento certo, no andar certo de um certo edifício; mas, apesar do empenho ainda pode confundir os dedos de sua própria mão com a maçaneta de uma porta. É importante diferenciar zelador de zelote, que é aquele que finge zelos e cuidados.

Zeus – Deus supremo dos gregos, filho de Cronos e Réia. Ameaçado de devoração pelo próprio pai, passou a infância escondido em Creta, onde foi amamentado pela cabra Amaltéia. De qualquer forma, a ameaça de devoração deve ter-lhe condicionado o caráter mais do que a doçura do leite de cabra, uma vez que cresceu bastante irritadiço, cuspindo raios, venerado nos cimos desertos cercados de relâmpagos e, principalmente, no monte Olimpo, onde se instalou por orgulho e amor a magnificência. Deus tonante e autoritário, suas pirotecnias são mais indicativas de mau humor do que de um espírito festivo; mau humor este só comparável ao de Jeová, Indra, Alá e outros soberanos patriarcas afins. Sua face é tão fulgurante que fulmina quem se atrever a olhá-lo, ou faz baixar a cabeça.

Título	*Cidade de Atys*
Projeto Gráfico	Tomás Bolognani Martins
Capa	Moema Cavalcante
Produção	Ateliê Editorial
Revisão	Ateliê Editorial
Formato	12 x 18 cm
Mancha	8,5 x 14,5 cm
Tipologia	Times New Roman
Papel do Miolo	Pólen Rustic 85 g
Papel de Capa	Cartão Supremo 250 g
Número de Páginas	190
Tiragem	700